王妃になる予定でしたが、
偽聖女の汚名を着せられたので
逃亡したら、
皇太子に溺愛されました。
そちらもどうぞお幸せに。
2

主な登場人物
ルードルフ・
リュディガー・
エーベルバイン
ゾマー帝国の皇太子。エルヴィラの危機を救うために奮闘し、後に妻として迎える。あらゆることをスマートにこなすが、恋愛には奥手。
エルヴィラ・ヴォダ・
ルストロ
聖女候補かつトゥルク王国の若き王の婚約者だったが、突然偽聖女の汚名を着せられて婚約破棄される。隣国のルードルフに助けられ、皇太子妃となる。

ユリウス・
マエンバー
元国王の側近だったが、
アレキサンデルの失脚と
共に一時行方不明となる。
リシャルド・
ヴィト・
ルストロ
エルヴィラの兄で、
次期ルストロ公爵。
母方の出身国であ
るキエヌ公国に留
学していた。
ローゼマリー・
ゴルトベルク
ゴルトベルグ伯爵令嬢
で、聖女信仰の熱心な
信者。現在はエルヴィ
ラの侍女をしている。

Contents

王妃になる予定でしたが、偽聖女の汚名を着せられたので逃亡したら、皇太子に溺愛されました。

そちらもどうぞお幸せに。

2

糸加

イラスト
はま

ルードルフの溺愛

お祝いに何かとんでもないものでも要求してきました？

「エルヴィラ様、どうされました？」

わたくしとルードルフ様がエリー湖の視察から戻り、しばらくしてからのことです。執務室で書類に目を通していたわたくしは、クラッセン伯爵夫人にそう声をかけられ顔を上げました。

「何もありませんわ。どうして？」

「大きなため息をつかれましたので」

クラッセン伯爵夫人に心配そうな目で見つめられ、わたくしは自分の迂闊さに気がつきました。このところの物思いがため息になって出てしまったのでしょう。皇太子妃として執務をこなすようになり、忙しくも充実した日々を送るようになった矢先のことでした。

「いいえ、何もないわ」

誤魔化そうといたしましたが、間に合いません。視線を感じて振り向くと、エルマまで心配そうにわたくしを見ておりました。

「……何か不備でもございましたか？」

「大丈夫、ちゃんとまとめてくれているわ」

それでも表情を変えない2人に向かって、わたくしは眉間の皺《しわ》を伸ばすような仕草をして微笑みました。

「嫌だわ、そんなに難しい顔をしていた？」

「そうですね、少し……」

「疲れているのかしら」

クラッセン伯爵夫人が提案します。

「少し早いですが、休憩はいかがですか？」

「そうしましょうか」

「エルマ、お茶の用意をします！」

エルマが瞬時に廊下に出て行きました。ローゼマリーは休暇を取っているので、部屋にはわたくしとクラッセン伯爵夫人の2人だけになります。

「それで、エルヴィラ様」

クラッセン伯爵夫人がわたくしの机の前に移動します。

「ルードルフ様と何かあったんですか？」

やはり誤魔化《ごまか》せませんでした。

「……分かりますか？」

「エルヴィラ様がぼんやりするなんて、珍しいことですもの。お仕事のことでなければ、ルードルフ様と何か意見の相違でもあったのかと思いまして」

「かないませんね。そういうわけではないのですけど……」

口籠《くちご》もりながら、わたくしは逡巡しました。

確かにこのところ、眠りが浅いこともあり、少し塞ぎ込んでいました。もやもやとした思いが顔に出てしまったのでしょう。

聞いていただきたい気持ちはあるのですが、わたくしとルードルフ様の問題にクラッセン伯爵夫人まで巻き込む気がして、躊躇《ためら》いが先に立ちます。

言葉を途切らせるわたくしを、クラッセン伯爵夫人は無理に問いただすようなことはしませんでした。

代わりに、穏やかな瞳を向けてくださいます。

「お力になれることがあれば、いつでも仰《おっしゃ》ってください」

わたくしは温かな気持ちでお礼を述べました。

「ありがとう。心強いわ」

と、ワゴンの音が近付いてきました。元気のいい、いつもの声が響きます。

「お待たせしました！　料理長から林檎《りんご》のパイもどうぞとのことです！」

エルマは手早く準備を始めます。あっという間に、クリームで飾られた林檎のパイと香りのいいお茶が並べられました。

「ありがとう、エルマ。わざわざ頼んでくれたんでしょう？」

「いいえ！　林檎の美味《おい》しい季節ですからっ！」

エルマもクラッセン伯爵夫人も、心からわたくしを気遣《きづか》ってくれているのが分かります。いけませんね、心配かけては。

「とても美味しいわ」

「よかったです！」

美しく飾られたケーキを口に運びながら、わたくしはやはりルードルフ様ときちんとお話ししようと思いました。１つだけ、お伺《うかが》いしたいことがあるのです。

——ルードルフ様、もしかしてわたくしを避けていらっしゃるのですか？

◇◆◇◆◇◆

そもそもは、ルードルフ様のお帰りが遅いことが続いたのが発端でした。

先に休んでくれていいと言われていたわたくしですが、どうしてもお顔を拝見したくて、その夜は起きて待っていたのです。

「お帰りなさいませ。ルードルフ様」

そう言って迎えたのは、真夜中をかなり過ぎた頃でした。

「エルヴィラ！」

わたくしの顔を見た瞬間、ルードルフ様は嬉《うれ》しそうに仰いました。

「起きていたのかい？」

わたくしは抑えきれない思いで笑みを返しました。

「もうずっと、お顔を拝見しておりませんもの。わたくしのことをお忘れになったんじゃないかと思いまして」

「私がエルヴィラの顔を忘れるわけがない」

秋も深まってきたので、わたくしは肩にストールを羽織っておりました。

「だが、無理しなくていいよ。風邪でも引いたら大変だ」

ルードルフ様は手を伸ばして、そのずれをそっと直してくださいます。

ストール越しにルードルフ様の温もりを感じたわたくしは、それだけでほっとしました。

「ありがとうございます。今、お茶を淹《い》れますね」

眠る前のひととき、一緒にカミツレのお茶を飲むのがわたくしとルードルフ様の大切な習慣です。側仕《そばづか》えの者を下がらせて支度《したく》をしたわたくしは、湯気の立つ茶器を2人分運びながら尋ねました。

「今日のお仕事はいかがでした？　何か変わったことはありました？」

いつものように遅くなった理由をお話しいただけると思っていたわたくしは、茶器を置いても答えがないことを不思議に思って顔を上げました。

「か、変わったこと？」

ルードルフ様はわたくしから目を逸《そ》らし、早口で仰いました。

「いや何もなかったよ。退屈なくらい平凡な一日だった」

わたくしは固まってしまいました。退屈なくらい平凡なら、こんなに遅くなるわけがありません。ありましたね、何か。

だけど、ルードルフ様はそれを隠そうとしていらっしゃる。

混乱してしまったわたくしは、何も言えずルードルフ様を見つめます。

気まずい沈黙が流れました。

わたくしは早く何か喋《しゃべ》らなければと焦りましたが、言葉が出ません。ルードルフ様も困った

のでしょう。湯気の立つお茶には手を付けず、

「あ、そうだ、目を通す書類があったんだ。先に休んでおくれ」

さらに下手な嘘をついて執務室に戻ってしまいました。

そんなことは初めてでした。


その夜。独りぼっちの寝台で、わたくしは寝返りを繰り返しました。

ルードルフ様には確実に、わたくしに言えないことがおありになる。だけど、それが何なのかは分かりません。

「……迂闊《うかつ》でしたわ」

ルードルフ様の手の温もりを思い出したわたくしは、小さく呟きました。

ルードルフ様は皇太子です。国政にも関わっていらっしゃいますし、立場上、おいそれと話せないことだってあるでしょう。

「困らせてしまいました」

答えにくい質問をしてしまったことをわたくしは悔いて、もう一度寝返りを打ちます。

何か大きなことに関わっていらっしゃるのですね、きっと。

「危険なことでなければいいのですが」

その夜はなかなか眠れず、気が付くと空が白《しら》んでいました。

ルードルフ様は、朝になってもお戻りになりませんでした。

そこから、ルードルフ様のお帰りは毎日、かなり遅いものになりました。

少しでも早く休む方がいいだろうと、わたくしはお茶の時間を作らないようにしました。朝食で顔を合わせるときはいつも通りのルードルフ様だったので、当たり障りのない会話を心がけ、わたくしは執務をこなすことに集中して日々を過ごしました。

ですが、鬱屈した思いがつい、出てしまったのでしょう。クラッセン伯爵夫人たちを心配させてしまいました。

――まだまだ未熟でしたわ。

わたくしは、今夜もう一度、ルードルフ様が帰ってくるまでお待ちすることにしました。

話せないことがあるにしても、わたくしを避けないでちゃんとお顔を見てほしいと望むことは、そんなに出過ぎたことではありませんよね？

◇◆◇◆◇◆

「もう嫌だ！　エルヴィラに会いたい！」

耐えかねてそう叫ぶルードルフを、フリッツは執務机の向こうで冷ややかに見つめた。

「人聞きの悪い。ルードルフ様が決めたことですよ、エルヴィラ様にお会いする時間を減らすって。それに、朝食のときにはお顔を合わせているんでしょう？」

「足りない」

「長時間そばにいると全部喋ってしまいそうだから、短い時間だけにすると決めたのもご自分でしょう。というか、今回の件を隠していれば、夜だろうが長時間だろうがいいのでは？　いい加減、エルヴィラ様も寂しがっていると思いますし」

「私だって寂しい！　だが、トゥルク王国からの報告書を待つまでは顔を合わせられない！」

「はいはい、分かりましたよ」

肩をすくめたフリッツは、皇太子がこれほど取り乱す原因である一通の手紙をあらためて眺《なが》めた。封筒には、エルヴィラの出身国である、トゥルク王国の紋章が型押しされている。

——ルードルフ様の気持ちも、分からないわけじゃないんですけどね。

肩をすくめたフリッツは、その手紙を最初に読んだときのことを思い返した。

◇◆◇◆◇◆

半月ほど前のことだった。

「ルードルフ様？　そんなに難しい顔をしてどうしたんですか」

いつものように執務室に入ったフリッツは、ルードルフが眉間に深い皺を寄せているのを見て声をかけた。

「これを見ろ」

ルードルフは座ったまま手紙を差し出した。フリッツは首を傾《かし》げる。

「先日来たトゥルク王国からの親書ですか？」

「ああ」

「それで、どうしてそんな顔になるんです？」

今のトゥルク王国は、ゾマー帝国の領邦だ。圧倒的にこちらの立場の方が上なので、向こうが無理難題を言ってくることはそうない。だが、ルードルフは難しい顔を崩さなかった。

「いいから読んでみろ」

「パトリック王、ということは、ルストロ宰相からですか？」

王がまだ11歳という若さなので、トゥルク王国の公務のほとんどはエルヴィラの父ルストロ宰相が担っていた。署名が少年王のものだとしても、実質は宰相の意見であることは誰もが知っている。

しかしルードルフは首を振った。

「いつもならそうだが、今回はリシャルドからだろう」

「宰相の御子息ですか」

エルヴィラによく似た風貌を思い浮かべながら便箋《びんせん》を広げたフリッツは、半ばまで読んで微笑みを浮かべた。

「ご結婚とはおめでたいですね」

そこには、エルヴィラの兄、リシャルド・ヴィト・ルストロが、長年婚約していたキエヌ公国のオルガ・モンデルラン伯爵令嬢と結婚することが記されていた。

母方の出身国であるキエヌ公国に留学していたリシャルドだが、パトリックの即位を契機にトゥルク王国に戻っていたのだ。

「いい知らせじゃないですか」

「ああ。久しぶりの明るい話題に王国は盛り上がっているらしい。お相手も、美女の誉《ほま》れ高いオルガ嬢だ。国民が熱狂するには十分だろう」

「なのに、なんでそんな顔しているんですか？　何かお祝いにとんでもないものでも要求してきました？」

「ある意味ではそうだ」

「なんですか？」

ルードルフはため息をついて、フリッツの持っている手紙を指した。

「その続きには、こう書いてある。ついては私とエルヴィラの２人揃《そろ》って、トゥルク王国で行われる結婚式に出席してもらえないかと」

「ごく当たり前の要望だと思いますが」

しかしルードルフは、今まで見たことがないほど沈んだ表情で言った。

「――行かせたくないんだ」

「は？」

「わがままかもしれないが、私はエルヴィラをまだあの国には行かせたくない」

「だからそんな難しい顔をしていたのですか？」

「悪いか」

ルードルフは不貞腐《ふてくさ》れたように執務机の上で頬杖を突いた。

思うところはいろいろあるが、まずは部下として、フリッツは冷静な意見を述べる。

「ですが、リシャルド様はルードルフ様の義理の兄であり、長年の親友でもありますよね？加えて、あの国の聖女は今エルヴィラ様です」

「だから？」

「行った方がいいんじゃないですか？」

「本気か？」

「一般的な答えです。それに今回は欠席したとしても、いずれパトリック王の結婚式にもご招待されるでしょう？　さすがにそのときは断れませんよ」

「それはそのとき考えることだ。今はまだ不安材料が多い。何があるか分からないじゃないか」

「ですが」

「なんだ？」

「いえ、なんでもありません」

正直に言うとフリッツは、ルードルフの意見をわがままとは思えなかった。皇太子としての立場とエルヴィラの夫としての立場で葛藤があるのだ。

だから、いつになく穏やかに同意した。

「そうですね。確かにルードルフ様の仰る通りです」

ルードルフは目だけで先を促した。

「落ち着いてきたとはいえ、あの国が今どうなっているか分かりません。誰かが逆恨みで聖女エルヴィラ様を狙わないとは限りません」

「その辺は向こうも自覚しており、万全の警備で迎えると言っている」

トゥルク王国の肩を持つようなその言い方に、フリッツは首を傾げた。

「でも心配なんでしょう？」

「もちろん心配だ。だが、公爵家にとってもトゥルク王国にとっても、エルヴィラは大事な娘であり、帝国の皇太子妃であり、聖女だ。今度何かあったら本当に取り返しがつかない。厳重に守りを固めるだろう」

ルードルフは、眉間《みけん》の皺を深めて付け足した。

「特にリシャルド、あいつはあいつで、オルガを呼び寄せるために必死で国を整えたはずだ。自信はあるんだろう」

「え、逆じゃないんですか？」

フリッツは思わず口を挟《はさ》んだ。

「国が整ったから結婚できるのでは？」

「周りから見ればそうだろうが、実際は違うと思うぞ。絶対にオルガと少しでも早く一緒に暮らしたいから頑張ったんだ。そういう奴だ」

それほどリシャルドはオルガを大事に思っているということか。フリッツは目の前の主人を重ねながら頷《うなず》いた。

「キエヌ公国のモンデルラン伯爵令嬢と言えば、絵姿が売られるほどの美女ですものね。夢中になるのも分かります」

　ルードルフは不貞腐れたように言った。

「それを聞いたら、外見だけがオルガのよさじゃないとリシャルドはうるさく言い立てるぞ？　あと、エルヴィラだって何枚も絵姿が売られていることを忘れるな」

「張り合わないでくださいよ」

「張り合うまでもない」

　ルードルフの表情がほぐれたことに安心したフリッツは、つい本音を漏らした。

「ルードルフ様のお気持ちも分かります」

　ルードルフは上目遣いでフリッツを見た。

「分かってくれるか」

「もちろん。私だってエルヴィラ様が心配です」

「それはありがたい」

　ルードルフはいつの間にか満面の笑みを浮かべていた。

「ん？」

　雲行きが怪しいことに、フリッツはやっと気が付いた。

「いいことを思いついたんだが、協力してくれるか？」

「絶対大変なことですよね、それ」

「連れてくればいいんだ」

「ほら、やっぱり面倒くさいことを言い出した。念のために聞きますが、どなたを連れてくるんですか？」

「リシャルドとオルガだ」

フリッツは天を仰いだ。

ルードルフはすっかり機嫌のよくなった声で続ける。

「皇太子と皇太子妃という立場ではなく、聖女エルヴィラが祝福を与えるという名目で、リシャルドと花嫁をこちらに連れてくればいい。前例ができれば、パトリック王の結婚のときもこちらに来させることができる」

「横暴ですよ？」

「恨むなら前の王を恨めと言ってやれ」

それはそうだと思ったので、フリッツは絞り出すように呟いた。

「……分かりました」

言い出したのは自分なのに、ルードルフは驚いたような声を出した。

「話が早いな？」

フリッツは深いため息をついた。

「早いのは諦《あきら》めです。エルヴィラ様の安全が関わる以上、ルードルフ様が引かないのは予想できますから。軍隊をあの国に移動させることを思えば、その方が手間がかからないと、今、自分に言い聞かせているところです」

ルードルフは笑みを深めて頷いた。

「よろしく頼む。あ、ついでにこの国でもリシャルドとオルガの絵姿を売ろうかな？　欲しがる民は多いだろうし、儲《もう》かるぞ」

「この際それくらいしてもいい気がしてきました」


しかし、ことはすんなり進まなかった。

トゥルク王国から来た返事には、丁寧《ていねい》な文章でこう書かれていた。

――再考願いたい、と。

「断ると言うのか」

イライラしたルードルフの言葉に、フリッツは手紙を読み返して答えた。

「正確には、考え直してもらいたい、ですけど」

「一緒だ。理由はなんだ？」

「エルヴィラ様とルードルフ様がいらっしゃることで国民に安心を与えたいとのことです」

「曖昧《あいまい》だな」

「何があってもお守りしますからと、あらためてルストロ公爵とパトリック王とリシャルド様から別々に手紙が来ましたよ。あ、パトリック陛下の婚約者、シルヴェン伯爵令嬢アンナ様からも、エルヴィラ様にお会いしたいとお手紙を預かっております」

フリッツはそれらの手紙をルードルフに手渡した。

「アンナ嬢まで？」

差出人を確認するルードルフに、フリッツは頷く。

「エルヴィラ様の情に訴えかけるつもりでは？　家族なだけあって、エルヴィラ様が誰とどういう付き合いなのかは熟知してますし。これは不利かもしれませんね」

「……確かに不利だな」

手紙を机の上に置いて、ルードルフは表情を一変させた。

「念のため確認するが、エルヴィラに今回のことをまだ知らせてないだろうな」

「はい。エルヴィラ様のお耳には入れておりません。このことを知る者もごく少数です。エルヴィラ様のところに直接トゥルク王国からの手紙が届く可能性はありますが、今のところはまだ誰からも来ていないようです。まずはルードルフ様の許可をもらいたいんじゃないですか」

ルストロ宰相なりに筋を通したいのだろう、とフリッツは思っていた。

「それならいいが」

「ここまで言うんです。行ってみてもいいんじゃないですか？　ルードルフ様だって、それなりに万全の体制だろうと仰っていたじゃないですか」

しかし、ルードルフの疑問はさらに深まったようだった。

「何かおかしくないか？」

「おかしい？　何がですか？」

「私が心配性なのは置いておいて、なぜそんなにエルヴィラを呼びたがる？　そこが引っかかるんだ」

「心配性のご自覚はあるのですね」

「──忘れたことがないからな」

トゥルク王国でエルヴィラを危険な目に遭《あ》わせたことを指しているのだと察したフリッツは、それ以上茶化すのを止めて、少し考えた。

「……言われてみれば、あちらも少し、こだわりすぎている気がしますね」

まだ幼い王の婚約者まで駆り出すのは、いささか大袈裟《おおげさ》ではないか。

ルードルフが、執務机をコツコツ、と指で叩《たた》いた。それから顔を上げる。

「あの国の、普段の政務はどうなってる？」

フリッツは手にした数枚の報告書に目を通しながら言う。

「順調です。町や村が荒れているわけでもありませんし、流通も産業もそれなりに繁栄しています。あれほどの大騒動があってこの状態なら上等でしょう」

「やはり宰相とリシャルドの手腕か？」

「リシャルド様ともう1人、パトリック陛下の婚約者、アンナ・シルヴェン伯爵令嬢のお兄様であるエサイアス様も内閣に関わっています。その功績も大きいんじゃないでしょうか」

「エサイアス殿か、なるほど」

ルードルフは何度か顔を合わせたことがあるその青年を思い浮かべた。華やかな外見のわりに、話すと真面目《まじめ》な人柄だった。

「今までは領地にいることが多かったそうですが、パトリック陛下を支えるために宮廷に入ったそうです」

「いいんじゃないか？　ルストロ宰相も心強いだろう」

「はい。すでに宰相閣下の片腕となっているリシャルド様と、新たに入閣したエサイアス様の2人の活躍が目覚ましいそうです。前王が潰《つぶ》そうとして潰せなかった若い世代が輝いていますね」

「となると……ハスキーヴィ伯爵、元伯爵だったか、あのあたりはどうしている？」

「ヘルマンニ・ハスキーヴィ氏ですね。今は目立った支持者もおりません。平民として苦労しているようです。潮が引くように人が離れていったそうですよ」

「自業自得だな。塔に幽閉された前王妃、ナタリア殿はどんな様子だ」

「大人しくしているそうです」

「そうなのか？」

ルードルフは意外に思って聞き返した。てっきり不満を爆発させていると思ったのだ。

「祈りを捧げて、静かな日々を過ごしているとのことです。そういえば」

フリッツは付け足した。

「前宰相ヤツェク殿ですが、彼はハスキーヴィ氏とは対照的に、名前を変えて、平民として地道に頑張っているそうです。ワドヌイ様の神殿にいますので、小まめに報告があります」

「ワドヌイ殿のところなら安心だろう」

「はい。しかしその父親、エドガー・リーカネンはアレキサンデル王の時代に、不当に宰相を解雇されたことや、財産を全部奪われて身分を剥奪されたことで、宮廷を恨んでいるとかいないとか。巡り巡ってエルヴィラ様を逆恨みしないかちょっと心配ですね」

ルードルフは苦い顔で呟く。

「全然安心できないじゃないか」

「ですが、これくらいと言っては語弊《ごへい》がありますが、どなたも監視下に置かれていますし、心配ないといえばないいんですよ」

「だが、そんなに順調なら、エルヴィラが来ることにこだわらず、こちらに来てもいいはずだ」

「確かにそうですね」

ルードルフは窓の外のリンデの木を眺めて呟いた。

「向こうには、エルヴィラをどうしても呼びたい理由があるんだ。フリッツ、手間をかけて悪いが、もっと深くあの国を調べてくれ」

「分かりました」

ルードルフは木から視線を外さずに付け足した。

「それまでしばらく、エルヴィラの顔を見るのを我慢しようと思う」

唐突な提案に、フリッツは聞き返した。

「なぜです？」

「私のことだ、顔を見せただけで絶対バレる。そもそもエルヴィラに隠しごとなんてできないんだ」

「じゃあ、全部話せばどうですか？」

「それもダメだ」

ルードルフは、強く言い返す。

「そうなるとエルヴィラは、また責任を感じてトゥルク王国に行くと言い出すだろう。それはダメだ、一番ダメだ」

そうですか、とフリッツは呆《あき》れたように頷いた。

するとルードルフは自分自身を笑うように、冷静な笑みを浮かべた。

「というのは言い訳だな」

「はい？」

「……結局は、私が不甲斐ないから、エルヴィラをあの国に行かせてやることができないんだ。合わせる顔がないと言うのが本当のところだ」

――本当に、この人は。

フリッツは、長い付き合いの主人の横顔をまじまじと見つめた。

「なんだ？」

視線に気付いたルードルフがフリッツを見つめ返す。

「突然素直になるのやめてくださいよ」

――不意打ちで鎧《よろい》を脱ぐのだ。それも無自覚に。

「突然も何も、いつも通りだが」

作為のないルードルフの声に、フリッツは小さく息を吐いた。

「そんなんだから、力を貸さずにはいられないんですよね」

「お？　やる気になってくれたのか」

「最初からやる気でしたけど、あまりにもいじらしいと言いますか、エルヴィラ様のことを思うあまり、エルヴィラ様に会わないと決める極端さがルードルフ様らしくて、力を貸さずにはいられません」

「お前、正直すぎないか」

ルードルフが口を尖《とが》らせたが、フリッツは無視して言った。

「エルヴィラ様の安全を確認するために、トゥルク王国に今何が起こっているのか調べるのは重要だと思います。エルヴィラ様にご報告するのは、そのあたりを徹底的に探ってからにしましょう」

ルードルフは力強く頷いた。

「よろしく頼む」


そういうわけでフリッツは……。

「もう嫌だ！　エルヴィラに会いたい！」

「だから突然素直になるのやめてください！」

突発的に叫ぶ主人を、今日も苦々しく見守っている。トゥルク王国から早く報告書が送られてこないかと思いながら。


同じ頃。

トゥルク王国では、ルストロ宰相とエサイアス、そしてリシャルドの３人が秘密裏に会議を開いていた。

政治的配慮というより私のわがままなのは分かっている

「ルードルフ殿下からの２回目の返事はまだか？」

ルストロ宰相の問いにエサイアスが答えた。

「まだです。向こうもこちらを探っているのではないでしょうか」

「それにしても遅い」

「あるいは、何か仕掛けてくるのかもしれません」

トゥルク王国の宮廷、ルストロ宰相の執務室では、宰相とリシャルド、そしてエサイアスの３人が円卓を囲んでいた。パトリック陛下が成人するまで、陰に日向《ひなた》にトゥルク王国と陛下を支えるのだと、志を同じくしている３人だ。

顔を突き合わせてリシャルドの結婚式のことで悩んでいた。

なんとしてでも、帝国の皇太子と皇太子妃に来てもらいたい。正確に言うなら、エルヴィラに来てもらいたい。

そのためには必要なのは、ルードルフの許可だ。心情的にも、政治的にも、ルードルフの意向を無視してエルヴィラをこの国に呼ぶことはできないことは全員分かっていた。

しかし予想していたとはいえ、色よい返事がもらえないのは辛《つら》いところだ。

「皇太子殿下の心配は、やはりこちらの警備のことでしょうか」

リシャルドが首を振る。

「そうだな。奴のことだ、エルヴィラが心配なのだろう」

「気持ちは分からないでもありませんが……」

「しかし我々も、パトリック陛下とこの国を守らなくてはいけない立場だ。エルヴィラにかすり傷ひとつ付けないのは大前提で、なんとしてでも訪問してもらわなければ」

ルストロ宰相の言葉に、エサイアスとリシャルドが力強く同意した。

「はっ」

「必ず」

宰相は苦々しく付け足した。

「……ガジェス神官の様子は?」

「相変わらずです。今日も新しい神殿の建設現場を、豪華な馬車で見回っておりました」

「芝居がかったことを」

宰相が言い捨てたそのとき。

「失礼いたします」

部屋の入り口を守っていたクバという名の騎士が顔を出した。

「なんだ」

クバは困りきった表情で言う。

「その……ガジェス神官が廊下で待っております」

「なんだと？」

「何度も止めたのですが、どうしてもお会いしたいと」

「断りましょう」

リシャルドが言ったが、宰相は首を振った。

「いや、いっそ話をした方が早いかもしれん」

そしてクバに言う。

「隣の部屋に呼んでくれ。手短に、と伝えるのを忘れないように」

「かしこまりました」


隣室に呼ばれたガジェスは機嫌のいい声を出した。

「おやおや、これはお3人、こちらにお揃いでしたか」

ルストロ宰相とそう年齢の変わらないガジェスだが、ひょろりとした体躯《たいく》のせいか、宰相よりも年下に見えた。声も細く、貫禄がないのを補うためか、普段から豪華すぎる宝石とレースの付いた上着を着ていることが多い。今日もエメラルドの飾りボタンが付いた天鵞絨《ビロード》の上着が存在感を醸し出していた。

宰相は率直に告げる。

「神官殿、部下たちは入室を止めたはずです。次からはきちんと約束を取り付けてからにしてもらいたい」

ガジェスは悪びれず、笑顔を浮かべた。

「部下？　ああ……あの、入り口にいた融通の利かない騎士たちのことですか？　出身を聞いたら平民の田舎者だったので、いつでもクビにするぞと脅してやりましたよ。もっとちゃんとした者を選んだ方がよいのでは」

「私の部下を侮辱する気か？」

「滅相もない。ただの助言です。私くらいになると、周りに目が行き届くもので、ついお節介を申し上げてしまいます」

「必要ない。慎みたまえ」

「おやおや、宰相、やはり執務が大変なのではありませんか？　声に疲れが出ていますよ」

「まさに今疲れているな……そういうわけで貴殿の相手をしている暇はない。用件だけ伺おう」

ガジェスは、甲高い笑い声を上げた。

「用件と言いますか、何かお手伝いできることはないか、聞きに来ただけですよ。宮廷には私が必要かと思いましてね」

「気持ちだけ受け取ろう。出口はあちらだ」

しかしガジェスは動こうとしなかった。

「宰相、前にも申し上げましたが、国が乱れている今だからこそ、私たち高貴な者が民を導かなくてはならないのですよ。素直になってください。私の力が必要なのではありませんか？」

「私も以前と同じことを繰り返すが、人員を変更する予定はない。あなたのやる気だけありがたく受け止めよう」

「なるほど、そういうお考えですか……でも」

ガジェスはニタリと笑った。

「民意はどちらに動くでしょう。多くの民は、この私こそ重要な会議に参加するべきだと思っているのでは？」

リシャルドが口を挟む。

「常日頃、平民を馬鹿にする神官殿が民意を口にするとは。明日は雨かもしれませんね」

「民を導くのも高貴な者の務めですのでね。そこは心得ております」

カフスをきらめかせながら、ガジェスはリシャルドにも粘っこい笑顔を向けた。

リシャルドは努力してその視線を受け止めた。

「神官殿」

ルストロ宰相が怒気を孕《はら》んだ声で言った。

「私は同じことを何度も言うのが好きではない。お引き取り願おう」

「おやおや」

くるりと踵を返したガジェスは、去り際に言い捨てた。

「もうすぐ神殿が出来上がります。そうすれば私の威光もさらに隅々まで届くでしょう。楽しみですね」

◇◆◇◆◇◆

「分かりました、ルードルフ様」

フリッツがルードルフに分厚い報告書を差し出したのは、それからしばらくしてのことだった。

「あくまで推論ですが」

「構わない。それで？」

「トゥルク王国に今、少々厄介《やっかい》な人物がいます。それをなんとかしたくて、宰相はエルヴィラ様とルードルフ様を呼ぼうとしているのではないかと」

ルードルフは腑《ふ》に落ちない様子で首を傾げた。

「あの宰相殿を手こずらせている奴がいるのか？　誰だ？」

「ゲルヴァツィ・ガジェスという男です」

「まったく知らんな」

「一応伯爵家の出ですが、今まではそれほど勢力もない家でした。ハスキーヴィ家が没落したのを幸いに、おこぼれを吸収して財産を増やし、発言力をつけた感じですね」

「なんだかパッとしないな。そんな奴に宰相が？　強みはなんだ？　武力か、金か」

「信仰です」

「なんだと？」

「エルヴィラ様に偽聖女の汚名を着せたシモン・リュリュ大神官には天罰が下り、教団は瓦解しましたよね？　甥のロベルト・コズウォフスキは、シモン・リュリュの財産を持ち逃げしようとしましたが、森で賊《ぞく》に襲われ死亡。シモン・リュリュの妹であり、ロベルトの母親であるマヤ・コズウォフスキは普段からの不摂生もあり、追放先で病死しました」

「ああ。そのあとは、山の民の信仰をまとめるワドヌイ殿が中心になって、風通しのいい教団を作ることになったはずだ」

それなんですが、とフリッツは続ける。

「そのガジェスという男、シモン・リュリュ時代は下位の神官だったのですが、ワドヌイ様が組織を整理した途端、次の大神官候補に手を挙げました」

「次の大神官候補？」

ルードルフが眉間に皺を寄せた。

「大神官の役割はワドヌイ殿が担っており、当分それは変わらない。エルヴィラと宰相殿がそう話を整えたはずだ」

「ですがそれはあくまで仮で、正式なものではありません。ガジェス神官はそこに目を付けたんです。ワドヌイ様に対抗するヤープールという新しい派閥を作り、信者を増やして、民意を盾にワドヌイ殿を下ろそうとしています」

「フリッツ」

あまりにもスラスラと説明するフリッツを見上げて、ルードルフは言った。

「……ずいぶん優秀な諜報員がいるようだな？」

フリッツは小さく笑っただけで答えない。まあいい、とルードルフは思う。情報が信用できるなら、出所は問わない。

「続けてくれ」

「このヤープール派、あからさまな平民差別を行っています。平民はかなりお金を積まなくては結婚式や洗礼などの秘蹟を与えてもらえないとか」

「ケチくさいな。あのシモン・リュリュもそこまではしなかっただろう」

「まあ、シモン・リュリュの場合は一強体制なので、他との差別化はいらなかったでしょうしね」

「なんでそんなケチなことをするんだ？」

「もともとそれほどの高位貴族ではありませんからね。そうやって平民との差別化を図ることで、似たような下位貴族の支持を得ているんですよ。数が集まれば高位貴族にも影響が出ますし、無視できません」

「平民はどうなっている」

「困っています。ヤープール派が締め出した平民をワドヌイ様の派閥が助けようとしているんですが、もともとが山の民中心の派閥なので、町の人たちはなかなか足を運べないようです」

ワドヌイ率いるウーイルヴォヒ派は、『聖なる頂』を中心に山の民の素朴な信仰をまとめていた。活動の場所も王都以外が多い。それでも今まではなんとかなってきたのだが。

「町にワドヌイ殿の派閥の神殿を増やせばいいんじゃないか」

ルードルフの提案にフリッツは首を振る。

「珍しく、先手を打たれたようです」

「何？」

「現在、ヤープール派は王都に大きな神殿を建てています。まもなく完成じゃないですかね」

「なるほど、そうなるとさらに力をつけるわけか。ルストロ宰相はそのために焦っているのか？ガジェスとやらは、ワドヌイ殿にはない政治力がありそうだ」

しかし、それがエルヴィラの求めている方向とは違うのであれば、ルードルフも口を出さずにはいられない。

「ルストロ宰相はエルヴィラに何を求めていると思う？」

「抑止力ですかね？　あの国では、誰よりもエルヴィラ様の言葉に重みがあるでしょうから」

そうだろうな、とルードルフは頷く。

エルヴィラが強く言えば、ガジェスも引かざるを得ない。だが、そうなると、エルヴィラの存在感と反発が増す。

気に入らないな、とルードルフは思う。

ルードルフとしてはあまり考えたくないことだが、エルヴィラは、常に自分がいなくなったときのことを想定して行動している。エルヴィラありきの神殿や教義だと、エルヴィラ亡きあと崩壊するからだろう。帝国の大神官選出に関しても口を挟まないと宣言しているくらいだ。

――そして、それはトゥルク王国にしても同じこと。

ルードルフは首を振る。

「ルストロ宰相にも考えがあるのだろうが、今回はこちらの無理を聞いてもらおう。私はエルヴィラの安全を第一に考える」

「かしこまりました。もう一度手紙を書きますか？」

「いや、皇帝陛下にご助力いただく」

「陛下ですか」

フリッツはこれには驚いた。トゥルク王国のことはルードルフとエルヴィラに任されており、父親とはいえ皇帝陛下が口を挟むことはなかった。

しかしフリッツは頷いた。

「それでは明日にでも謁見できるように申し込みます」

「頼む。くれぐれもエルヴィラには内密にな」

「はい」


しかし、その夜。

ルードルフを待ち構えていたのは、眠らずに待っていたエルヴィラだった。

◇◆◇◆◇◆

「エ、エルヴィラ？」

わたくしが起きていたのを知ったルードルフ様は、上ずった声を出しました。

「ルードルフ様、お話があります。お疲れのところ申し訳ありませんが、少しお時間をいただけませんか」

「え、あ、うん」

挨拶《あいさつ》もそこそこに、わたくしはルードルフ様とソファに並んで腰掛けました。

「は、話って？」

ルードルフ様は慌《あわ》てていらっしゃる様子ですが、何も言えなくなるのを恐れたわたくしは一気に話します。

「ルードルフ様にお立場があるのは分かっております。わたくしに何かを隠していらっしゃるのは仕方ないとしても」

「かかかかか？　な、何を？」

ルードルフ様はとても不自然な早口で答えました。わたくしは眉尻を下げて繰り返します。

「隠し事です」

「何も隠してないよ！」

「嘘までつかれるのですか？」

「……すまない」

ルードルフ様はすんなり認めました。やっぱり、何か隠していらっしゃるのですね。それは仕方ないとはいえ。

「お願いです、ルードルフ様」

わたくしは精一杯、気持ちが伝わるようにルードルフ様を正面から見つめて申し上げました。

「言えないことがあるにしても……わたくしを避けるのはやめていただきとうございます」

「避ける？」

ルードルフ様が意外そうに繰り返しました。ルードルフ様の瞳にわたくしが映っています。それが分かる距離にいるのは久しぶりのことなので、わたくしは目頭を熱くさせてしまいました。目に溜まった涙が、一粒頬《ほほ》にこぼれます。

「え、エルヴィラ!?　どうした？」

わたくしは慌てて体を離しました。ルードルフ様に背を向け、指で涙を拭《ぬぐ》います。

「……申し訳ありません」

きっとひどい顔をしているに違いありません。それでもなんとか答えようと、震える声を出しました。これでは落ち着いて話もできません。

「ル、ルードルフ様がわたくしをしっかりと見つめてくださったのは久しぶりでしたので、つい。少し待っていただけたら、落ち着きますので」

けれど涙は止まらず、わたくしはハンカチを取り出します。

「もう少しだけお待ちくださいませ」

みっともない鼻声でしたが、仕方ありません。早く、早く涙を止めなくては。ルードルフ様といると、つい感情を出してしまいます。昔はこれくらいで泣くことはなかったのですが、本当にわたくしときたら――

「悪かった！」

突然ルードルフ様が、わたくしを背後からぐいっと抱きしめました。

「……え？」

振り向くに振り向けず、わたくしはそのまま固まってしまいます。ルードルフ様の声がわたくしのうなじ越しに聞こえます。

「そんな気持ちにさせていたなんて、謝るのは私だ」

「ルードルフ様……？」

どうしていいか分からないわたくしが呟くと、ルードルフ様が囁《ささや》くように仰いました。

「全部、話すよ」


「——それでは、そのガジェス様という方が、次の大神官の座を狙っているわけですね」

落ち着いてから顔を整え、ルードルフ様から今までの事情を伺ったわたくしは、ゆっくりとそう繰り返しました。ルードルフ様は難しいお顔で頷きました。

「ああ、フリッツがあそこまで言い切るんだから、確かな話だと思う」

「お父様は何を考えていらっしゃるのかしら……」

「分からない。ただ、私がエルヴィラを大事に思うように、ルストロ宰相もあなたを大事に思っていることは確かだ。だから信じて訪れるのもひとつの手段なのだが」

ルードルフ様がわたくしの手を取ります。こんなときなのに、わたくしは呼吸が止まりそうになります。

「すまない、エルヴィラ。エルヴィラからすれば、家族や知り合いがたくさんいる、自分の生まれた国だ。やはり気になるだろう。だけど、どうしても私は行かせたくないんだ」

握られた手を握り返して、わたくしは問いかけました。

「そんなにも、ですか？」

ああ、とルードルフ様は答えます。

「政治的配慮というより、私のわがままなのは分かっている。だが、エルヴィラの意思で奇跡が行えるわけではない以上、慎重になった方がいいと思うんだ。エルヴィラも母国でリシャルドの結婚式に出たいだろうとは思うが、今のままではやはり……」

ルードルフ様の言葉を遮《さえぎ》って、わたくしはキッパリと言いました。

「行きませんわ」

「もう少し調べてから――え？」

「行きません。ですから、そんな申し訳なさそうなお顔をなさらないでください。今のルードルフ様は、わたくしよりもトゥルク王国の情報を持っていらっしゃるわけでしょう？　そのルードルフ様が判断されたことです。従いますわ」

わたくしとて、今はまだあの国が落ち着いていないことは分かっておりました。それよりも嬉しかったのは、ルードルフ様が聖女としてのわたくしの気持ちを考えてくださっていたことです。

――エルヴィラの意思で奇跡が行えるわけではない以上、慎重になった方がいいと思うんだ。

それは、言葉に出していなかったわたくしの気持ちです。

温かいものが胸の中に広がりました。少し考えて、わたくしは言います。

「お兄様とオルガ様にはこちらに来ていただきましょう。そして、そのガジェスという方についてですが、お父様とワドヌイ様にわたくしから手紙を書いてよろしいですか？」

わたくしは、以前から考えていたことを口にしました。実行するのはまだまだ先だと思っていたのですが、いい機会なのかもしれません。

「次の大神官候補をゾマー帝国に研修生として送っていただこうと存じます。ヤープール派とウーイルヴォヒ派からお１人ずつ」

◇◆◇◆◇◆

翌日。

あらかじめ申し込んでいた通りルードルフは、父である皇帝エグモント・レオナルト・エーベルバインの執務室をフリッツと訪れた。

「陛下、ご多忙のところお時間を頂戴しましてして恐れ入ります」

「堅苦しい挨拶はいい。２人とも座れ」

「はっ」

皇帝は気さくにソファを勧め、ルードルフとフリッツは腰掛けた。

「ギーセン宰相もお忙しいところ恐縮です」

皇帝の傍には宰相コルネリウス・ギーセンが控えていた。

「お気遣いなく」

いつものように表情を変えず、コルネリウスは答える。ルードルフの隣でそのやりとりを見ていたフリッツは、ほんの少しだけ居心地が悪そうに肩をすくめた。

――相変わらず、見かけはそっくりなのに、中身は全然違う親子だ。

コルネリウスから、後退した生え際と目の周りの深い皺を除けば、フリッツに瓜《うり》二つになる。

しかし、感情を表に出さないコルネリウスと違い、比較的素直なフリッツは母親似なのだろうと、ルードルフはいつも思うことをまた思った。

「話とはなんだ？」

皇帝が単刀直入に質問し、分厚い報告書を手にしたフリッツが口を開く。

「僭越《せんえつ》ながら、私が説明いたします。トゥルク王国の宰相のご子息、リシャルド様の結婚式にルードルフ様とエルヴィラ様がご招待されている件ですが、ルードルフ様の提案で、リシャルド様とオルガ様をこちらにご招待するのはどうかと」

「こちらに？　なぜだ？　向こうも手を尽くしていると聞いているが」

「表向きは問題ありません。けれど火種は燻《くすぶ》っています」

ルードルフは簡単に今のトゥルク王国の現状と、次の大神官候補2人をこちらに呼ぶことにしたと説明する。皇帝は首を捻《ひね》る。

「リシャルド殿とオルガ嬢がこちらに来るのはともかく、大神官候補者を2人も呼んでどうするつもりだ?」

「何もしないそうです。ただ、向き合ってみたいだけだとか」

ルードルフの答えに皇帝は小さく頷いた。

「分かった。もとよりトゥルク王国のことはお前たちに任せている。好きにやってみろ」

「ありがとうございます」

コルネリウスが咳《せき》払いをした。

「しかしルードルフ様、向こうのことばかり気にして、こちらを疎《おろそ》かにしては困ります。最近、クヴァーゼルの町の治安がよくないと報告が上がってきています」

ルードルフの目が光る。

「国境の町ですね。被害は?」

「外れの森で追い剥ぎが。町の中も物騒で、盗難が相次いでいるとか。どこかの盗賊団が拠点にしているのかもしれません」

「自警団は?」

「もちろんいます。だが、最近は手に負えないようです」

「分かりました。騎士団を派遣します。その件も合わせて私にお任せください」

話はまとまり、皇帝陛下の署名でトゥルク王国に新たな親書が送られた。

◇◆◇◆◇◆

首を長くして待っていたゾマー帝国からの親書に、ルストロ宰相たちは顔を見合わせた。

「リシャルドとオルガが帝国に行くのはまだ理解できる。分からないのはここだ。ヤープール派とウーイルヴォヒ派がそれぞれ推薦する次の大神官候補者を研修生としてゾマー帝国に招待する……どういうことだ？」

宰相の言葉に、リシャルドも考える。

「エルヴィラに何か考えがあるようだが……それにしてもこちらの事情が筒抜けではないか？」

リシャルドはチラリとエサイアスに視線を寄越すが、エサイアスは顔色を変えずに言う。

「向こうからすればこちらは領邦。諜報員を寄越しているのは間違いないでしょう。その情報が正しければ問題ないのでは？」

リシャルドが反論しなかったので、エサイアスは続ける。

「それより、エルヴィラ様とワドヌイ様はいつの間にそんなことを話していたのでしょう。思った以上に頻繁に連絡を取っていたのですね」

「あるいはワドヌイ様の方からエルヴィラに知らせたのかもしれない」

「そうかもしれません」

リシャルドたちが話すのを聞きながら、ルストロ宰相は考える。どちらにせよ、皇帝と聖女からの通達だ。もう断れない。

そして、それはガジェスにとっても同じだ。

長い息を吐いた。

「とにかく、行くしかないだろう。リシャルド、オルガ嬢とキエヌ公国に説明を頼む。エサイアスはワドヌイ殿と連絡を取り合うように」

「かしこまりました」

できるなら、この国のことはこの国で解決したかった。エルヴィラを呼んで抑止力にする魂胆もあったはあったが、むしろ、エルヴィラとガジェスを並べて、ガジェスの薄っぺらさを多くの国民に見せつけたかったのだ。

あまりにもいろんなことが起こりすぎて、結局、この国では、エルヴィラは聖女としての姿を国民に見せつけていない。ルストロ公爵は、宰相としても父親としても、そこをきちんと披露したい気持ちがあった。そうすれば誰もが分かるはずだ。

その覚悟の違いと、天からの愛され具合が。

しかし、こちらで何かを言えることはもうない。あとは従うのみだ。宰相はエサイアスとリシャルドに告げる。

「こうなったらお任せしよう。その上で全力を尽くす」

そして数日後。大神官候補者の詳細を入手したエサイアスは、宰相とリシャルドに報告した。

「ヤープール派とウーイルヴォヒ派、それぞれ大神官候補者を1名挙げていただきました。こちらです」

宰相が書類に目を通した。

「ヤープール派は予想通りガジェス神官か。対するウーイルヴォヒ派は――マジェナ・ハラマ？この方か？」

「はい、そちらがワドヌイ様の推薦するお方です」

「ワドヌイ殿の決定ならもちろん従うが……驚いたな」

「はい」

いずれにせよ、と宰相は呟く。

「ガジェスの奴、ゾマー帝国に選出されたのが自分だけじゃないと知ったら、さぞかし腹を立てるだろう」

できるならその顔を見たいものだと小さく笑った。

宰相の予想通りだった。報告を持ってきた従者を、ガジェスは真っ赤な顔で怒鳴った。

「何⁉　私以外にも大神官候補が？　誰だ⁉　この私と肩を並べる気か！　生意気な。見せろ！早く！　その不届き者の名前を」

「それが……」

「ええい、まどろっこしい！」

従者から手紙を奪ったガジェスは、書かれた名前を見てさらに顔を赤くした。

「マジェナ・ハラマ？　女⁉　いくつだ？　18歳⁉」

◇◆◇◆◇◆

トゥルク王国では、前王アレキサンデルが退き、パトリックが即位したその年の秋から、豊作の予兆があちこちに芽生えていた。

つまりそれは、エルヴィラが偽聖女から聖女へと名誉を取り戻したことを意味するのだと、国民の誰もが思っていた。

花は昨年よりも多く咲き、蜂はいつもより蜜《みつ》を蓄え、魚は太って水揚げされる。それこそが、エルヴィラが聖女である証《あかし》だと、国民は噂した。だが。

「本当に、エルヴィラ様のおかげだろうか」

「当たり前だろう？　お前、疑うのか？」

エルヴィラに会ったことのない者たちは、疑問を口にするようになった。

「だって、エルヴィラ様は普段帝国にいらっしゃるじゃないか」

それは、不安の裏返しだった。

「最近ではヤープールの貴族連中がわしらを見下しているしな」

「エルヴィラ様、ずっとこちらにいてくださればいいのに、あのシモン・リュリュをそのままにしていた教団なんて、あてにならない」

「まったくだ。偽聖女も見分けられなかったし」

「ワドヌイ様も頑張ってはいるが……」

農道の片隅で交わされるそんな話を、通りがかりの修道女マジェナは複雑な思いで聞いていた。

「エルヴィラ様、ようこそいらっしゃいました」

トゥルク王国のお話をルードルフ様とした数日後、わたくしは神殿を訪れました。

「この度は突然のお願いで申し訳ありません」

エリック様は屈託なく微笑まれます。

「全然構いませんよ。研修生が来るのはよくあることです」

さすがです、とわたくしは感心しました。トゥルク王国では、他国からの研修生など受け入れることはなかったのです。

「研修生たちは、帝国に到着してしばらくは宮殿で寝泊まりするのでしたね？」

「はい。お兄様とオルガ様の結婚を祝福する儀式にその方たちも参列していただきますので、最初の2日はわたくしたちの宮殿で過ごします。そのあとは修道院にお世話になれたらと思っています」

分かりましたと、エリック様は頷きます。

「では、まずは修道院の下見をしてもらいましょう」

「お願いします」

「こちらです」

神殿の敷地はかなり広く、隣接している修道院の向こうには広々とした畑や薬草園、畜舎が広がっています。

エリック様のあとを付いて歩きながら、わたくしは『乙女の百合』の球根が保管されている倉庫を遠目で眺めます。来年の春はまたあれを植え替えるのだと思うと、今からわくわくしました。

「今年も白い花弁に青い花粉の百合が見られるのですね」

同じことを考えていたのでしょう。エリック様も仰いました。

「一生懸命お世話しますわ」

「来年の『乙女の百合祭り』も楽しみだ。帝都は大騒ぎですよ」

「そうでしたね」

わたくしは微笑みました。白い服を着て、紙の白い百合を手にした子供たちが広場で踊ったり、屋台に並ぶ珍しい食べ物を味わう恋人たちのいる風景を思い出したのです。

ゾマー帝国に昔からいらっしゃる聖女様は恥ずかしがりやなので、大人も子供も聖女様を真似た白い服を着て過ごします。そうすれば、紛れ込んだ聖女様も恥ずかしがらずに皆と一緒に楽しめる、というわけです。

と、エリック様は別なことを思い出したのか、笑いを噛み殺したような表情で仰いました。

「ルードルフはきっと、前回以上に派手なパレードをしようと言い出しますよ。あなたを見せびらかしたくて仕方ないんだから」

「全力で止めますわ」

エリック様は声を立てて笑いました。


「申し訳ありません。かなり歩くことになります」

お目当ての場所は、入り口から一番離れたところに位置しますので、中庭を通り、回廊を渡って、修道院の奥の奥まで移動することになります。

「歩くのは慣れております。むしろ、楽しみですわ」

会堂を過ぎて、図書室や楽器室、勉強を教わる学校などを通ります。いろんな方がそれぞれの仕事をしており、すれ違う人はエリック様とわたくしに目礼《もくれい》をしてくださいました。わたくしも同じように返しながら、これだけ大勢の人が生活する帝国の修道院と神殿の懐の広さに感嘆しておりました。

「神殿と修道院が担うそれぞれの役割は、トゥルク王国も帝国とほぼ同じですよね」

歩きながらエリック様が仰います。わたくしは頷きました。

「はい。儀式などを司る神官様がいらっしゃるのが神殿、儀式にまつわる雑務や、薬草の管理、家畜の世話、特産品の生産などを行うのが修道院ですわ——ですがわたくし、正直に申し上げて、帝国では、神殿と修道院に地位の差がないというのが驚きでした」

「役割が違うだけで、どちらも恥ずかしがりやの聖女様にお仕えする身ですからね」

「枢機卿が大神官様に仕える外部組織だというのも知りませんでしたわ」

エリック様はあっさり仰います。

「神殿や修道院がきちんと運営されているか査察する立場が枢機卿ですから、そうなりますよ。逆も然りです。神殿や修道院が、枢機卿や大神官を査察するのです」

聞きながらわたくしは、トゥルク王国もそうありたいと願いました。

大神官と神殿の癒着が酷かったのも原因でしょうが、王国では修道院は神殿より下に見られておりました。大神官が、神殿と修道院、役割の違う二つの組織を束ねる立場なのは同じですが、王国には「枢機卿」に当たる組織が存在しません。神殿も修道院も大神官も枢機卿も、本来は同じ地位で同じ目線で語る立場なのです。わたくしは、思わず呟きました。

「ガジェス様が大神官になりたいと望むように、マジェナ様も大神官になりたいと望むのは正当な権利だとわたくしは思っております」

「それはそうですね」

エリック様はやはりあっさりと頷き、ここです、と足を止めました。いつの間にか到着しておりました。廊下を挟んで小さな部屋が並ぶ一角です。

「普段は見習い修道士たちの部屋になります。外国からの研修生もここで寝泊まりし、雑務などを手伝ってもらいながら生活します」

窓が1つの小さな部屋ですが、きちんと掃除がされており、寝台も清潔でした。扉には鍵がかかります。

「しかし、王国にしては思い切ったご決断でしたね。大神官候補者の1人は女性だとか」

「ワドヌイ様からずっとお名前を伺っていた方なのです」

「まだお若いんでしょう」

「はい。ですからワドヌイ様も最初は躊躇《ためら》っておりました。そこをわたくしが説得したのです。経験はあとから積めばいい。今できることをしましょう、と」

エリック様は意外そうに顔を上げました。

「反対も多かったでしょう？」

「それはもう」

このことを発表してから、ヤープール派に所属する貴族から毎日のように苦情の手紙が届きました。女性が大神官候補などあり得ない、ワドヌイの依怙贔屓《えこひいき》ではないか、ワドヌイが何か企んでいるのではないか、民意を考えろ、などと脅迫まがいの文言が並んだ手紙です。

「念のため、ワドヌイ様に調べていただいたのですが」

わたくしは目だけで笑いました。

「トゥルク王国の大神官が男性に限られていた理由は、『聖女』が女性だから、それを補佐するのは男性であるべき、という、後付けの思い込みだけでした。きちんとした根拠があるわけではないのです」

「ゾマー帝国では、大神官に女性が選ばれることもありますからね」

そうです、とわたくしは胸に手を当てました。

「それに重要なのは、彼女がまだ大神官になるとも決まっていないことです。あくまで候補であり、ただの研修ですから。将来的には、ゾマー帝国のように大神官は、枢機卿団の投票で決めるようにしたいと思っています。今はその最初の一歩も一歩ですね」

「伝統を聖女自ら変えるとは面白いですね」

本当に面白がった表情でエリック様は仰いました。わたくしは片眉だけ上げて聞き返します。

「それは褒め言葉ですか？」

「もちろんです」

帰り際、馬車まで送ってくださったエリック様にふと尋ねました。

「マッテオ様の具合はいかがですか」

「相変わらずです。調子のいいときは外を散歩したりするのですが、ここのところはまた臥《ふ》せっております」

大神官のマッテオ・ティッセン様は、わたくしも一度しかお会いしたことがありません。ここ数年、体調を崩しておられるからです。エリック様は大神官代理としての職務をこなす一方で、マッテオ様のお世話もなさっていました。

わたくしにはお優しいお顔で挨拶してくださるマッテオ様ですが、普段は気難しいところもあると聞いたことがあります。

「マッテオ様は常々、エリック様のお世話でなければと仰っているそうですね。とても信頼されているのだと思いました」

「大したことはしてませんよ？」

エリック様は謙遜ではなさそうに言いました。

「私は小さい頃からマッテオ様のところで面倒を見てもらっていましたので、申し付けやすいみたいです」

「小さい頃から神殿にいらっしゃったんですか？」

エリック様は地方貴族の五男だとお聞きしておりましたので、ずっと地方にいらっしゃったと思い込んでおりました。エリック様は懐かしそうに目を細めます。

「私があまりにも神学に興味を示したので、両親がマッテオ様に直接頼んで預けてくれたんですよ。７歳でした」

「そんな小さい頃から？　寂しくはありませんでした？」

エリック様は、不思議そうに聞き返しました。

「エルヴィラ様も子供の頃から、あちこちで祈りを捧げる生活をしてきたと聞きました。エルヴィラ様は現地で、私は神殿に定住して祈りを捧げてきただけですよ」

わたくしは自分の子供の頃を思い出して、頷きました。

「そうですね……よく分かります」

ただ、わたくしにはマッテオ様のような先生はおりませんでした。その分、エリック様を羨《うらや》ましく感じます。

「ですが、気をつけてください。帝国でも大神官に選ばれるために、足の引っ張り合いが起こったりしますので」

自身が次の大神官候補だと言われているエリック様の言葉です。わたくしはしっかりと受け止めました。

◇◆◇◆◇◆

宮殿に戻った私は、クラッセン伯爵夫人とローゼマリーに、お兄様たちを迎える手伝いをお願いしました。

「お手数をかけますが、賓客《ひんきゃく》扱いでお願いします」

「かしこまりました」

クラッセン伯爵夫人が、背筋を伸ばして答えます。ローゼマリーが笑顔で言いました。

「リシャルド様は、エルヴィラ様とルードルフ様の結婚式にいらっしゃいましたよね」

「そうでしたね」

「あれからまだ1年も経っていないのが不思議です」

クラッセン伯爵夫人の言葉にわたくしは頷きます。

「もう少しあとなら、お兄様たちも聖誕祭を楽しめましたのに、残念ですわ」

わたくしはまだ参加したことがないのですが、ゾマー帝国では『乙女の百合祭り』とは別に、恥ずかしがりやの聖女様の聖誕祭が冬の初めに行われます。

準備しておいた大きな木を薪《まき》にし、火に焚《く》べる儀式で始まるお祭りで、恥ずかしがりやの聖女様が暖かく冬を過ごされるようにとの願いが込められているそうです。

――トゥルク王国には、庶民まで参加できる聖女の行事はなかったわ。

そのときはそういうものだと思っておりましたが、今となると作為を感じます。必要以上に聖女を神格化させたくなかったのかもしれません。

「エルヴィラ様、どうされました？」

つい考えに耽《ふけ》ってしまったわたくしに、ローゼマリーが心配そうに尋ねます。わたくしは大丈夫というように微笑みました。

「なんでもないわ、ごめんなさい。そうそう、護衛騎士の方が何人かと、オルガ様はご自分の侍女を1人、連れていらっしゃるそうです。大神官候補のガジェス様も従者を5人ほど連れていらっしゃると聞いているので、その分のお部屋もお願いしますね」

「かしこまりました。では、マジェナ様のお付きの方のお部屋も必要ですね」

ローゼマリーの質問に、わたくしは首を振りました。

「マジェナ様はお1人でいらっしゃると聞いています。身の回りのお世話もご自分でされるかもしれません」

「あ、修道院におられる方ですものね」

ローゼマリーは合点がいったように言いましたが、わたくしは付け足しました。

「それもありますが、マジェナ様は平民出身なので、むしろお世話に慣れていないと思います。戸惑うこともあるでしょうから、気を配ってあげてください」

「平民出身で大神官候補者に……？　すごいです」

ローゼマリーが目を丸くします。

◇◆◇◆◇◆

――大神官候補の研修生として帝国に向かう。

文字もろくに書けなかった自分が。

旅支度を整えながら、マジェナは緊張を隠せない。

8歳のときから修道院に入り、いつかはそうなりたいと夢を描いていたけれど、まさか18歳で候補になれるとは。

この黒髪と黒い瞳が気味悪いと虐《しいた》げた故郷の村の人たちは、手のひらを返したように、マジェナは村の誇りだと言っているそうだ。父さえ喜んでくれるなら、彼らの感想などどうでもいい。そんなことよりも。

マジェナは突然課せられた重責に、呼吸さえ止まりそうになっていた。

と、ノックの音がした。

「マジェナ、これも持っていきな」

返事をする前に部屋に入ってきたのは同期のテレサだ。マジェナより5歳年上のテレサは、姉のようにマジェナをずっと気にしてくれていた。

「向こうで美味しいものいっぱい食べるだろうけど、途中でお腹減るかもしれないだろ？」

「ありがとう」

ピェルニクという、保存の利く焼き菓子だ。受け取ったマジェナは甘い匂いを吸い込む。少しだけ息が楽になった。

どん。

マジェナの硬いベッドの上に、テレサが断りもなく横になった。修道服の裾がひらりと揺れ、高い鼻が上を向く。

「あんたやっぱりすごいよ。同期として誇らしい」

にこりともせずに言うテレサだが、本心であることはマジェナに伝わっている。木造の修道院は歴史がある分、隙間風がひどい。冬は特に厳しかった。修道院に来て間もない頃、マジェナはテレサにくっついてよく寝た。

お返しに、勉強をマジェナがテレサに教えた。マジェナが年齢以上に博識なことを、テレサは素直に感心した。いつか大神官になりたいと語るマジェナを、テレサだけは馬鹿にしなかった。だから、今も、テレサだけが一緒に喜んでくれている。父1人子1人だったマジェナにとって、テレサは身内も同然だ。

すぐに帰ってくるのに、マジェナはなんだか寂しい気持ちで荷造りを続ける。

表情は変わらなくても照れくさいのか、テレサもマジェナを見ずに、天井ばかりずっと眺めている。そして、言った。

「私の言う通りだったでしょ。絶対あんたは偉くなると思ってた。院長なんて今になって擦り寄ってくるけど、遅いよね」

院長をはじめとするテレサ以外の者たちは、可愛げがない上に、あまりにも簡単に知識を吸収するマジェナをどう扱っていいのか分からず、どちらかといえば厄介者扱いしていた。

我慢強いマジェナは、真冬に冷水で祭壇を掃除することや、雪の中の薪拾い、真夏の畑仕事にも弱音を吐かなかった。そして、どんなに体力を消耗しても、その日の勉強を怠ることはなかった。修道院にある本を全部読みたかった。止まらない知識欲は、やがて一番上の地位を夢見させた。

だけどまさか、本当に手の届く距離になるとは思わなかった。

ワドヌイが自分を推薦してくれたのだと院長から聞いていたが、いまだに信じられない。

俯《うつむ》きながら荷造りを終えたマジェナは、ボソボソと言う。

「大したことないよ……まだ候補ってだけだし」

それは謙遜ではなかった。大神官という身分はすごいと思うけれど、それを夢見る自分は大したことはない。だが、テレサはそんなマジェナを笑い飛ばした。

「これがどれくらいすごいか、私にだって分かるよ。本当に、気を付けて行っておいでね。それでまた、どんなだったか聞かせて」

マジェナはただ頷いた。


マジェナが生まれたのは、山間の小さな村だ。

村と山の境界線近くが、マジェナの家だった。近くに川が流れており、父親はその川で水車を回し、粉を挽《ひ》いていた。村人が持ってくる小麦を挽いて手間賃をもらうのだ。

村の中心地から離れて住んでいること、あたりでは珍しい黒い髪と黒い瞳だったこと。たったそれだけで、気味が悪いと村の子供たちから仲間外れにされた。

だが、この髪と目は、早くに死んだ母親譲りなのだ。胸を張っていいと父親がマジェナに言ってくれていたので、挫《くじ》けなかった。自分をいじめる奴の言うことと、自分を大事にしてくれる人の言うこと。どちらを聞くかなんて、分かりきっている。

家の仕事があるために学校に行けなかったマジェナだが、知識欲は旺盛だった。ある日、神官さえ定住していない神殿に忍び込んだマジェナは、置き去りにされた古びた聖典に出会う。頁を開いても、何が書いてあるか分からない。どうやったら読めるだろうか。マジェナにとって、それは世界を開く扉だった。ただし鍵が見つからない。読みたい、読まなければ、読むしかない。でもどうやって？

「おや、小さなお客様。どこから入りました？」

山の長老として、あちこち無人の神殿を巡回していたワドヌイがマジェナと出会ったのはそんなときだった。

「これを自分で読みたいと？」

後ろ手に聖典を隠したマジェナの利発さに気が付いたワドヌイは、しばらくその村に滞在し、マジェナに勉強を教えてくれた。砂が水を吸収するように、マジェナは文字と、文字が示す世界を覚えていった。

「ワドヌイ様は、ここだけじゃなく、いろんな神殿を訪れるのでしょう？」

「はい。小さい神殿には神官もいないことが多いので、不具合が起きていないか確かめるのです」

つまりそれは、この村にも長くは滞在しないということだ。ワドヌイから聖女様の話と、読み書きを教わったマジェナは、別れのときに大聖典《デヴァンシュ》を何冊かもらった。この国よりもっと大きい国、ゾマー帝国で編纂《へんさん》されたものだと言う。

「あそこは製本技術も何もかも進んでいる。全部揃えるのは難しいが、今手元にあるこれだけあげよう」

ワドヌイとの別れと引き換えに手に入れたそれが、マジェナの新しい世界の一端になった。

そこから向こうに繋がっている、まだ見たこともない世界。

大聖典《デヴァンシュ》は、いろんな時代の人の信仰について書かれた書物だった。不思議な話がたくさん載っている。信仰を持つ者、自分自身の信仰を疑う者、天の意思を疑って天罰が下る者。聖女、天、地、使い魔、人を惑わす存在。人としての在り方。生と死。老いるということ。信頼と信仰。儀礼についての考察もたくさん。

なにしろ膨大な量の書物なので、ひとつひとつ付き合わせると矛盾もあり、まとまりもない。だけどそれらはすべて真実だとマジェナは思った。

そこにいるのは私だ。

そこで悩み、苦しみ、救いを与えられたのは私だ。そう思ってしまったことが、マジェナの運命を決めた。

マジェナは一人娘だ。本当なら、村の誰かと結婚して粉挽きを継がなくてはいけない。だが、父親はマジェナが聡《さと》いことを見抜いて、マジェナの希望通り、修道女になることを許した。

「粉なら俺が挽ける。お前はお前しか挽けないものを挽け」

マジェナは8歳で、海沿いの町の修道院に身を移すことができた。歴史がある分、建物は古いが規模は大きい。

修道院には同じような娘がたくさんいた。だが、マジェナほど大聖典《デヴァンシュ》に拘った娘はいなかった。修道院には大聖典《デヴァンシュ》がほぼ揃っていたが、興味を持ったのはマジェナだけだったのだ。

朝から晩までの辛い修行と雑用の隙間を縫って、睡眠時間を削り、マジェナはそれを読んだ。

そうして分かったことは、学べば学ぶほど、自分は何も知らないということだ。

——外に出たい。

マジェナはそんな思いを抱くようになった。外に出て、いろんなことを知りたい。いろんな人と、いろんなところで祈りたい。

けれどマジェナは聖女になりたいとは思わなかった。マジェナは自分ができることをしたいだけなのだ。

「大聖典《デヴァンシュ》を全部暗記？　その年齢で？」

ワドヌイに偶然再会したのは、マジェナが15歳になったばかりの頃だ。

「いえ、全部ではありません。ここにある分だけを、大体暗記です。それだけです」

「それにしても……」

生涯に3回読み通せば上々だと言われるほど、量のある聖典だ。ここにあるだけでもかなりのものだろう。その上、教義を時代順にそのまま載せているので、理解するのに時間がかかる。

変わりないワドヌイに安心したマジェナは、胸の内を打ち明けた。

「ワドヌイ様、私、ここを出て、もっと天に近いところで祈りたいのですが」

「おお、そうか」

ワドヌイはマジェナが王都に移りたがっているのだと思った。けれど、マジェナの願いはもっと上だった。

「大神官になりたいのです」

さすがのワドヌイも驚いた。だが、マジェナの真剣なことを理解すると、掛け合ってくれた。

しかし、シモン・リュリュ率いる当時の神殿は話も聞こうとしなかった。だからマジェナはずっとただの修道女だった。

マジェナのいる修道院に、聖女候補の公爵令嬢が祈りに来たことがあった。

マジェナはそれを遠くから見ていた。そこに嫉妬《しっと》はなかった。マジェナとそう年齢は変わらない聖女候補様。さすがだと思わせる落ち着きがあった。できれば近くで支えたいと思ったが

――それから1年もしないうちに彼女は偽聖女として国を追われた。

まさかと思っている間に紆余曲折《うよきょくせつ》があり、シモン・リュリュに天罰が下った。

マジェナは再びワドヌイを訪ねた。今度は自分から訪ねていった。ワドヌイのいる町は遠く、旅は大変だった。ようやく辿り着いたマジェナを、ワドヌイは驚いた顔で迎えた。

「どうしました？」

マジェナは、何をどう言っていいか分からず口籠もる。ただ、同じ願いを繰り返した。

「大神官になりたいのです」

「どうしてそんなに何度も願う？」

「分かりません。でも言わずにはいられないのです」

ワドヌイはエルヴィラに相談した。そして、今、マジェナはゾマー帝国を大神官候補者として訪れる。

◇◆◇◆◇◆

「そんなこと、認めるものか！」

もう何度目になるか分からない直談判を、ガジェスはルストロ宰相に繰り返した。

「前にも言ったはずだ、ガジェス神官。聖女様のお達しだ。従ってもらおう。天の怒りを買っても知らないぞ」

「私が!?　この私が天の怒りを？」

「聖女様の決めたことに逆らうのなら、そうなるだろう。シモン・リュリュの最期を知らないわけではあるまい」

「だが！」

「何もこれが最後の研修というわけではない。聖女様の言葉によれば、何度でもこういう機会を設けるそうだ。つまり何度でも選ばれるかもしれないし、これが最後かもしれない。ただ、大神官を志すには研修を受けた方がいいに決まっている」

「あんな小娘と一緒に？　屈辱だ！　私1人で十分だろう！」

エサイアスが口を挟む。

「では断りますか？　私からエルヴィラ様にお伝えしてもよろしいですよ」

ガジェスは憎々しげに言い返した。

「ふざけるな、若造が！」

「じゃあ、どうされますか？」

「……追って返事をする。待ってろ！」

散々大騒ぎしたあと、ガジェスは立ち去った。ルストロ宰相が呟いた。

「結局は行くのだろうに。面倒臭い男だ」

リシャルドが眉を寄せる。

「あの様子では、あちらで何か仕掛けるんじゃないか」

「一応、手を回しています」

エサイアスが答えて、リシャルドは苦笑した。

「気が利く男だな。頼りにしているぞ。なにせオルガも同行するのだから」

「はい」


ガジェスから、ゾマー帝国に大神官候補として研修に伺う、ともったいぶった手紙が来たのはそれからすぐあとだった。

◇◆◇◆◇◆

自分が次の大神官になると信じて疑わなかったガジェスは、そんな若い女が自分と肩を並べるというだけで我慢できなかった。

大神殿の建設はかなり進んでいる。ガジェスはヤープール派閥の規模をどんどん大きくし、近い将来、ワドヌイの派閥まで吸収しようと思っていた。だがここにきて、その計画に影が差した。

もし、マジェナという女が大神官になったら？

あの女を私の神殿に迎えなければならない。

「……そんなことは絶対に阻止する」

そのためには、自分の代わりにゾマー帝国で動いてくれる駒を探さねば。

ガジェスは策を練った。

どうせろくな仕事じゃない

ロベルトは、ボロ布のような服を身に纏《まと》い、ゾマー帝国の国境近くの町、クヴァーゼルの石畳の上に座っていた。頬はこけ、目の下は黒ずみ、飄々《ひょうひょう》とした顔立ちはすっかり荒《すさ》んでいる。盗賊に金品を奪われ、もう何日も食べていない。どうしてこんな目に遭わなくてはいけないんだ。できることなら世界を呪おうとしたが、空腹で思考が進まなかった。

——腹減った……。

考えるのはそれだけだ。あるいは胃が思考しているのかもしれない。今の自分はただの塊だ。目に映るものがどんどん色彩を失っていく。明るさも失われた。結局何日食べていないんだっけ？　1日？　2日？　それ以上？　ああ、腹が減った。

——どさっ。

ついにロベルトは音を立てて石畳の上に倒れた。通行人は見て見ぬ振りだ。起きなければ。こんなところで寝ていても死ぬだけだ。

ロベルトは最大限の力を振り絞って、うっすらと目を開けようとした。

と、目の前に靴が見えた。上等な靴だ。靴の主はかがみ込んで、そんな状態のロベルトに話しかけた。

「飯でも食わないか？」

「……誰……だ？」

「誰でもいいだろ？　食うのか食わないのか」

「食うに……決まっている」

この状態をなんとかしてくれるのなら、誰でもいい。

「ついてこい」

手を引かれて、なんとか立ち上がった。おぼつかない足取りでロベルトは必死に付いていく。


到着したのは宿屋だった。１階で食事、２階で寝泊まりができる。

いかにも訳ありの男たちや事情のある女たちが騒いでいた。ガラのいい場所ではない。

「ゆっくり食べろ。足りなければまた注文してやる」

ゲレオンと名乗った男は、オートミールのお粥に、ニシンの酢漬け、鶏の煮込みに、チーズをご馳走してくれた。ゆっくり食べろという忠告を聞かず、焦ってかき込んだロベルトは何度もむせた。咳き込みながら、それでも食う。食べて食べて、とにかく食べた。

ロベルトが食べている間、ゲレオンは蜂蜜酒を舐《な》めるように飲んでいた。

「ご馳走さん」

ようやく満腹になったロベルトは、正面からゲレオンを見た。細い目、薄い唇、短い髪。くたびれているが汚れていない服。若くはないが老いてもいない。どこかの貴族の召使い、わざとそんなふうに振る舞っているという感じだ。見覚えはなかった。

「じゃあ、本題に入ろうか」

ゲレオンはジョッキを置いてニヤリとした。

「お前、ロベルトだろ？」

ロベルトは無表情のまま何も答えなかった。満腹すぎて喋りたくないのもあった。ゲレオンは饒舌《じょうぜつ》に続ける。

「誤魔化しても無駄だ。ロベルト・コズウォフスキ。伯父であるシモン・リュリュの財産を持てるだけ持って逃げたのに、今は一文なしとは残念だな」

「知らないな」

何か言った方がいいのかとそれだけ言ったが、ゲレオンは低く笑った。

「途中で旅人と服を交換して、殺したのか？　それとも本当に賊に襲われたのか？　とにかくそいつと入れ替わったお前は、自分が死んだことにした」

「想像力が豊かだな」

「これが俺の単なる想像か、王国の偉い奴らに確かめてもらうか？」

それは困ったな、とロベルトは思った。今さら死刑にはなりたくない。

「何が望みだ？」

ロベルトが聞くと、ゲレオンは、そうこなくちゃ、と笑った。

「仕事を頼みたい」

「断ったら？」

「タダ飯食って断るのか？」

「どうせろくな仕事じゃない」

そうやって切り出す奴にろくな奴はいないし、ろくな仕事も回ってこない。ゲレオンは鼻で笑った。

「断れると思っているのか？」

「身分を明かさないということは、そちらも後ろ暗いことがあるんじゃないか？」

「余計な詮索《せんさく》はやめな」

ゲレオンはロベルトに暗い瞳で笑いかける。

「言うことを聞けば、逃げなくていいようにしてやろう。新しい身分と仕事、それにまとまった金だ」

「胡散臭《うさんくさ》い」

「お互い様だ」

ロベルトはため息をついた。

「何をすればいい？」

「引き受けてくれるのか？」

「断ったら殺すんだろ？」

ゲレオンはまた笑った。否定しない。

「ここじゃうるさいから、2階で話そう」

ほら。人に聞かれてはまずい話じゃないか。ロベルトは諦めて付いていった。

密談向きの角部屋で、ロベルトはゲレオンと向かい合う。

「簡単なことだ。帝都にもうすぐトゥルク王国からの客人が来る。そのうちの1人をさらってほしい」

「トゥルク王国？」

やめてくれ、とロベルトは思った。今のロベルトが母国と関わって、いいことがあるとは思えない。だが口から出たのは気持ちと反対の言葉だ。

「続きを聞かせろ」

どうせ逃げられないのだ。自分がしてきたことを今されている。それだけだ。

「物分かりがいいな」

「先に言っておくが、聖女様には手を出さない。命は惜しい」

最低限、身を守るためにそう言うと、ゲレオンも頷く。

「それはもちろんだ。誰もシモン・リュリュのようにはなりたくない」

伯父の壮絶な最期をロベルトは、物陰から見ていた。このままでは自分もああなる、その恐怖がロベルトを突き動かした。財産をありったけ盗んで逃げたのは、ほとんど衝動だ。しかしそんな突発的な行動では、すぐに捕まることは分かっていた。ひとまず偽造の身分証を買って国境を越えた。そのとき知り合った旅人と服を交換した。そこまではよかったが、この町に入る手前で盗賊に襲われた。命があっただけマシだと思わなくてはいけないのかもしれない。豪華な貴族の服を喜んでいたあの旅人は、まだ生きているだろうか。

自分は運がよかったのかもしれない。現に今も飯にありつけている。

――あるいは悪かったのかな。

ロベルトは淡々と言う。

「トゥルク王国からの客人ということは、聖女様の客か？」

「まあそうだな」

「自分が手を出したら天罰が怖い。だから人にやらせる、そんなところか」

ゲレオンはにこやかな表情のまま言った。

「それ以上喋らない方がいいぞ」

「分かった。それで？　誰をさらうんだ？　言っておくが、今の俺は腕力に自信がない」

「大丈夫、相手は女だ」

トゥルク王国から来る客人の女か。

願わくば、知り合いじゃないといいな。

ロベルトはそれだけ考えた。

◇◆◇◆◇◆

ゾマー帝国では、ルードルフとエルヴィラがそれぞれ準備に追われていた。

加えてルードルフは、クヴァーゼルの町の治安も守らなくてはいけない。どこかの盗賊団が拠点にしているのかと、ルードルフは騎士団を送ることにした。

「けれどルードルフ様、そこにばかり人員は割けませんよ？」

計画表を作成しながらフリッツは進言する。

「分かっている」

コルネリウスがあのときこの町の話を出したのも、同時にそれくらいこなしてみせろという挑発なのだろう。

「全員をしらみ潰しに探していても時間がかかるだけだ。頭《かしら》を探して捕らえろ」

「簡単に言いますね」

「できないか？」

「クリストフに任せましょう。最近、地方の仕事をやりたがっているんで、ちょうどいいでしょう」

「何かあったのか？」

フリッツはそれには答えず肩をすくめた。

◇◆◇◆◇◆

トゥルク王国の皆様を迎えるその日は、とてもよいお天気でした。

澄んだ青空の下、宮殿の前に並んだわたくしとルードルフ様は、馬車から皆様が下りてくるのを見守ります。お兄様やオルガ様のお変わりない様子に、はやる気持ちを抑えました。

「遠いところをよく来てくれた」

「皆様、ようこそいらっしゃいました」

まずはそう挨拶します。

「ご招待感謝する」

お兄様もかしこまって返しましたが、すぐにいつもの笑顔になりました。

「久しぶりだな、ルードルフ、エルヴィラ。いや、皇太子殿下と妃殿下か」

「今はエルヴィラで結構ですわ」

お兄様の隣で、オルガ様が微笑みます。

「この度はご招待ありがとうございました」

小柄で色白のオルガ様は、ふわふわとした金色の巻毛が愛らしいお方です。小さい頃からわたくしを妹のように可愛がってくださいました。

「オルガ様、遠くまでよくいらっしゃいました」

わたくしがオルガ様に言いますと、ルードルフ様もオルガ様に親しみを込めて挨拶しました。

「お久しぶりです、オルガ嬢」

「ルードルフ様！　何年ぶりかしら」

ルードルフ様は遊学中に、キエヌ公国にいらっしゃったことがあるのです。和《なご》やかな雰囲気になりました。

「おい、義弟《おとうと》、私よりオルガへの方が笑顔じゃないか？」

「そんなことありませんよ、義兄殿」

ルードルフ様とお兄様がわざとそんなふうに言うのを、わたくしとオルガ様はくすくす笑って聞いておりました。オルガ様はわたくしにだけ聞こえるように囁きます。

「エルヴィラ様、いろいろあったとお聞きしましたが、お元気そうでよかったわ。笑顔がお幸せそうです」

わたくしとアレキサンデル様の婚約破棄のことを仰っているのでしょう。あのとき、いろんな方がそうだったように、オルガ様も心配してくださったのです。

「ありがとうございます。オルガ様も」

心を込めて、それだけなんとか申し上げました。オルガ様はわたくしの顔を覗《のぞ》き込むように仰います。

「やっと顔が見られて嬉しいわ」

「わたくしもです。これからはオルガ様をお姉様と呼べるのですね」

わたくしとルードルフ様の結婚式のとき、オルガ様はまだお兄様の婚約者でしたので出席できず、キエヌ公国からお祝いを伝えてくださいました。帝国でオルガ様とお会いできるなんてと、わたくしが感慨に浸りそうになっておりますと――。

「そろそろよろしいですかな」

甲高い男性の声が響きました。全員がそちらに注目します。

「はじめまして皇太子殿下、妃殿下。ゲルヴァッツィ・ガジェスと申します。この度は大神官候補に選んでいただいてありがとうございます」

そう挨拶をしたガジェス様は、紫色の天鵞絨《ビロード》の上着に、紫水晶のカフスという、とても目立つ服装をしていらっしゃいました。

「よくいらっしゃった、ガジェス殿」

「ようこそ、ガジェス様」

ルードルフ様とわたくしが微笑みます、
するとガジェス様は、突然、畳み掛けるように話し始めました。

「本日は皇太子殿下、皇太子妃殿下にお会いできて光栄至極にございます。このガジェス、トゥルク王国とゾマー帝国に尽くす所存でここに来ております。なんでもお申し付けくださいませ。ガジェスなら両殿下のお力になれると自負しております。両殿下には、ぜひトゥルク王国を訪れていただきたく存じます。建設中の大神殿が完成した暁《あかつき》には――」

「ガジェス殿」

まだまだ続くと思われたガジェス様のお話を、ルードルフ様が遮ります。

「エルヴィラは気軽にそちらに行ける立場の者ではない。神殿関係者なら余計に心得るように」

ガジェス様はきょとんとした顔で繰り返しました。

「トゥルク王国はエルヴィラ様の母国でもありますし。ぜひ私の神殿に立ち寄っていただきたく存じます」

ルードルフ様の片眉がピクリとしました。明らかにご立腹の様子ですが、ガジェス様はさらに何か言おうとしました。

「ですから――」

「申し訳ありません、皇太子殿下」

そこにお兄様が割って入ります。

「ガジェス殿には私から言い聞かせます」

「頼むぞリシャルド」

さすがにそれでガジェス様も黙りました。ですがその目にはうっすらと怒りの色が浮かんでいるようでした。

仕切り直すようにフリッツ様が声を上げます。

「もう1人の大神官候補、マジェナ・ハラマ様もどうぞこちらへ」

ガジェス様の後ろにいらっしゃった女性が、一歩前に出ました。飾りのないワンピースを着た、中性的な雰囲気の女の人がすっと頭を下げます。

「マジェナ・ハラマです。よろしくお願いします」

「ゾマー帝国にようこそ、マジェナ様」

マジェナ様は背が高く、このあたりでは珍しい黒髪がとても似合っていました。黒い瞳は、長いまつ毛に縁取られ、独特の雰囲気があります。ふと、わたくしはマジェナ様に、羨ましさに似た懐かしさを感じました。マジェナ様を通して、各地に祈りに行った幼い日々を思い出したのです。

と、わたくしの背後から元気な声が響きました。

「皆様のお世話をするエルマです！　よろしくお願いします！」

落ち着いた声が続きます。

「ローゼマリー・ゴルトベルクです」

「ハイデマリー・クラッセンです」

オルガ様が微笑みました。

「よろしくお願いしますね。こちらは私の侍女のカミラです」

カミラ様がお辞儀をし、お兄様も頷きます。

「そしてこれは、私が連れてきた護衛騎士たちだ」

お兄様の後ろに立っている騎士たちが並んで礼をしました。そのうちのお1人に、見覚えがあります。思わず声が弾みました。

「ユリウス様⁉」

「ご無沙汰しております、エルヴィラ様」

アレキサンデル様の時代の騎士団長のご子息、ユリウス・マエンバー様でした。一時期行方不明だと聞いておりましたが、お兄様のところにいらっしゃったのですね。わたくしは嬉しい喜びで胸をいっぱいにして聞きました。

「お元気でしたか」

「はい、なんとか」

「どうしてお兄様付きに？」

お兄様が得意げに答えます。

「私が引き抜いたんだ。優秀な人材は確保しておきたかったんでね」

ユリウス様は嬉しそうに上がった口角を隠すように、黙って俯きました。昔のユリウス様はどこか苛立った顔をされていることが多かったのですが、今はさっぱりとされているように見えます。わたくしは親しみを込めてユリウス様に話しかけました。

「お兄様は突拍子もないことを言い出すから大変でしょう」

ユリウス様は躊躇いなく頷きました。

「その通りです」

「おい」

「リシャルドはじっとしてられないのよね」

オルガ様も笑います。

「リシャルド様は人気がありすぎて……」

ユリウス様は何かを思い出したかのように苦笑しました。

「まあ、お兄様が何か失礼を？」

「いいえ。ただ人気がありすぎるだけです」

含みのある言い方でしたが、深追いはしませんでした。ルードルフ様もお兄様に言います。

「今日の晩餐会《ばんさんかい》と、明日の祝福式は外せないが、それ以外はゆっくりしてくれ」

お兄様は目を輝かせます。

「実はこちらの港や流通を見学させてほしいのだが」

「ああ、宰相殿から聞いている。フリッツが案内する」

「助かる。いい機会だよ」

私も言い添えました。

「ガジェス様とマジェナ様は、祝福式の次の日から、修道院で研修を受けていただきます」

かしこまりました、よろしくお願いします、とお2人が答えます。

わたくしは声を張りました。

「それでは、お部屋にご案内します。夕食は皇帝陛下も一緒にいただくことになっております。のちほど迎えを寄越しますわ」

エルマが、ぴん、と手を伸ばします。

「こちらへどうぞ！」

わたくしはマジェナ様の隣に並んで歩き出しました。

「何かあったらいつでも仰ってくださいね。お話も伺いたいです。マジェナ様の祈りの日々などとても興味がありますわ」

「ありがとうございます」

にこりともせずにそう言うので、遠回しに断られているのかと思ってしまいそうでした。ただその瞳が、何か言いたげに揺れているのをわたくしは気付いていました。

◇◆◇◆◇◆

その夜。恐れ多くも皇帝陛下と皇后陛下を交えた晩餐会に出席したマジェナは、緊張を通り越して無表情になっていた。

質素なデザインとはいえ、着慣れないドレスも緊張の原因かもしれない。マジェナとしては修道服でもよかったのだが、せっかく院長が持たせてくれたので着ることにしたのだ。きっとテレサが根回ししてくれたのだろう。

雲の上の存在だった人たちの会話がすぐ側で聞こえる。

「ルストロ宰相はご健勝か」

「はい。どうぞよろしくと言伝《ことづて》を預かっております。皇帝陛下とまたお会いしたいと常々申しております」

食べたこともないような柔らかい肉も、どれほど手間をかけているのか分からないくらい繊細に飾られたケーキも。

「さすが帝国ですね！　お料理が美味しい」

「このワインも初めてですわ」

自分以外は当たり前のように味わっている。

「おやおや、どうしました、マジェナ殿」

銀色の天鵞絨の上着に着替えたガジェス伯爵がテーブルの向かい側から話しかけてきたが、マジェナは表情を変えずに答える。

「どうもしません。とても美味しいですね」

「そ、そうですか」

ガジェス伯爵はつまらなそうな顔になった。マジェナがもっとオドオドしているかと思ったのだろう。

もちろんマジェナはこんな場所に慣れていない。

だが、ローゼマリーという侍女が、着替えに手を貸してくれながら、おそらくは簡単に作法の説明をしてくれたのだ。分からなかったら誰かの真似をすればいいんですよ。にっこりと笑うその顔に邪意はなさそうで、マジェナは落ち着いて食べることができた。

少なくとも、優しくしてくれる人がいる場所なのだ。

反対にガジェス伯爵は、気後れでもしたように大人しく、甲高い声もそれほど聞こえなかった。

晩餐会が終わるとマジェナは、信じられないくらい豪華な部屋に案内された。こんなところで眠るのは初めてだった。エルマという元気のいいメイドが身の回りの世話をしてくれようとしたが、自分でできるからと断った。

「では！　何かあれば、いつでもお申し付けくださいね！」

不思議な気分だった。本来自分はあちら側なのだ。

――大神官という地位を願ったから、こんな経験ができる。

それは正しいことだったのか、柔らかく暖かな寝具に包まれたマジェナは、初めて自分の願いに不安を抱いた。

◇◆◇◆◇◆

翌日には、お兄様とオルガ様の結婚を祝福する儀式に出席するため、マジェナ様もガジェス様も神殿に向かいました。お2人とも、帝国の神殿の大きさに驚いた様子で、外から建物を見上げて固まっておりました。

「これが帝国の……」

特にガジェス様は呆然《ぼうぜん》とした様子で、中に入ってからもあちこち見回しておりました。わたくしは言い添えます。

「神殿も広いのですが、修道院もかなりのものですよ。居住する場所だけでなく、図書室などもあるのです」

「図書室……」

マジェナ様が呟きました。

「明日、案内しますね」

「はい！」

弾んだ声が返ってきました。


祝福式はつつがなく行われました。

神殿の祭壇の前で、お兄様とオルガ様が膝を折り、頭を垂れて祈ります。エリック様が厳かに仰いました。

「ここにリシャルド・ヴィト・ルストロとオルガ・モンデルランに、聖女エルヴィラの祝福が与えられます」

わたくしはお2人に向かって祈ります。

「同じ人生を歩む2人に、天の祝福がありますように」

キラキラと何か光が舞ったような気がしました。


外に出ると、集まった人たちが口々に祝ってくださいました。

「リシャルド様！　オルガ様！　おめでとうございます！」

「おめでとうございます！」

「ありがとうございます」

真っ白なドレスを着たオルガ様はとても美しく、お兄様はそんなオルガ様を幸せそうに見つめます。

「私にはエルヴィラが誰よりも美しく見えるが」

いつの間にか隣に立っていたルードルフ様が、何も聞いていないのにそう仰り、もう少しで顔を赤らめてしまいそうでした。エリック様が呆れたようにこちらを見ています。

「……人前ではあまりそういうことは仰らないでください」

小声で睨みますと、ルードルフ様はなぜか嬉しそうに笑いました。


その次の日からお兄様たちは、視察のために帝国内をあちこち移動することになりました。ルードルフ様とフリッツ様がご案内に当たります。皆様を見送ったわたくしは、マジェナ様とガジェス様と共に神殿に参りました。いよいよ研修の始まりです。

「私の従者の姿が見えないのだが」

馬車から下りてガジェス様が言います。わたくしはにっこり笑って答えました。

「ガジェス様、何度も申し上げましたが、従者の方たちは宮殿で騎士団と共に行動されています。修道院に入るにはお付きは不要ですので」

「そんな！　本気だったんですか？」

ガジェス様は悲痛な叫び声を上げましたが、前もって申し上げていたことなので、とわたくしは繰り返しました。


神殿の入り口では、エリック様がすでに待っておりました。馬車から降りるとすぐに、ご挨拶いたします。

「ガジェス殿、マジェナ殿。あらためてご紹介いたします。こちら、神官のエリック・アッヘンバッハ様と、修道士のギード・トロイ様です」

「エリック・アッヘンバッハです。昨日もお会いしましたね」

「ギード・トロイです。分からないことがあればなんでもお聞きください」

ギード様はとても背が高く、きりりとした表情で挨拶されます。マジェナ様がすっと頭を下げました。

「マジェナ・ハラマです。よろしくお願いします」

そしてガジェス様も、

「ゲルヴァツィ・ガジェスです。よろしく……頼みます」

そこから、ギード様とエリック様を先頭に、修道院を案内していただきました。マジェナ様はいろんなところを興味深く、あちこち楽しそうに見つめていらっしゃいました。対するガジェス様は驚いたような顔ばかりしています。

食堂、礼拝堂、楽器室と回り、図書室の前まで来ました。マジェナ様は我慢できないというように、立ち止まってエリック様とギード様に言います。

「あの！　今すぐでなくてもいいので！　いつか、帝国の大聖典《デヴァンシュ》を見せていただけますか？」

「大聖典《デヴァンシュ》？」

エリック様が繰り返します。ガジェス様が咎《とが》めるような声を出しました。

「何を言ってるんだ、こんなときに」

「構いませんよ」

エリック様はあっさり頷きました。

「え？」

ガジェス様は戸惑った顔を見せましたが、ギード様が続けます。

「じゃあ、今から行きましょうか」

「本当ですか！」

図書室に足を踏み入れたマジェナ様は、ずらっと並んだ大聖典《デヴァンシュ》に一際大きく、目を輝かせました。

「すごい！　全部揃っている！」

「当然ですよ」

エリック様は自慢げに仰います。わたくしは言い添えました。

「マジェナ様、こちらのエリック様は、これを全部覚えていらっしゃるそうですよ」

これにはマジェナ様とガジェス様のお２人が驚きます。

「全部!?」

「……恐ろしいですな」

エリック様がさらりと仰います。

「何度も読んだだけですよ」

「何度も読む人の方が珍しいんですよ」

ギード様が苦笑します。わたくしも頷きます。大体の神官は、抄訳《しょうやく》された辞典ほどのものを持ち歩くのです。マジェナ様が小声で言いました。

「私、全部目を通したことがなくて、持っている分ならほぼ覚えたのですが」

「持っている分？」

「はい、お恥ずかしいですが」

ぐい、とエリック様がマジェナ様に顔を寄せます。

「恥ずかしくなんかありませんから教えてください。どこからどこを読んだのですか？　好きな章はありますか？　何度も読み返すところはどの辺でしょう？」

「リトゥアールの巻からナイググングの巻までは読みました。カナリアの章が好きです」

嬉しそうに答えるマジェナ様は、エリック様と話が合いそうです。ひとしきり2人で盛り上がったあと、ハッとしたようにマジェナ様がこちらを向きました。気を使ったのでしょう、ガジェス様に話かけます。

「ガジェス様は大聖典《デヴァンシュ》、何巻がお好きですか？」

聞かれたガジェス様は眉をひそめました。

「気安く話しかけないでください」

「なぜですか？」

問うたのはエリック様です。

「なぜとは？」

「どちらも大神官候補者という点では同じですよ」

わたくしも付け加えます。

「ガジェス様。神殿と修道院、立場は同じです。お間違いありませんように」

「……分かりました、聖女様」

ガジェス様は低く呟きました。けれど、大聖典《デヴァンシュ》の何巻が好きかとの質問には答えませんでした。

図書室を出て、いよいよ研修生たちの部屋に向かいます。この間、わたくしが下見をさせていただいた部屋に案内されると、ガジェス様が絶句しました。

「こ、ここに？　私が？」

「はい」

マジェナ様は動じておられない様子。ガジェス様は慌てたように質問します。

「ここに何日いるんですか？　研修とは何をするんですか？」

ギード様がにこやかに答えました。

「日程は1週間。することは掃除ですね」

「掃除？　そんなことのためにわざわざ」

「そんなことのためにわざわざです。毎晩、次の日の分担を言いに来ますので、頑張ってください。食事は食堂に行ってください。身の回りのことで分からないことがあれば、小僧がおりますので、お申し付けください」

小僧とは、子供の見習い修道士のことで、何人かがここで生活しております。

「小僧……」

ガジェス様は何か言いたげでしたが、その前にわたくしは口を開きました。

「わたくしも毎日様子を見に来ますので、何かあったらどうぞ仰ってください」

「はい！」

マジェナ様が元気よく言いました。

闇に紛れて修道院を抜け出した

マジェナとガジェスが来る数日前、ロベルトは修道院に潜入した。

ゲレオンが着替えといくらかの金銭をロベルトに渡し、話は通してあるからすぐに向かえと言ったのだ。

到着したものの、どこから入ろうか迷ったロベルトが勝手口らしきところをうろついていると、厨房《ちゅうぼう》から人が出てきた。体のごつい中年の男だ。

「お前さんが、修道士見習いで下働きのロベルトか？」

「あ、え、はい」

「話は聞いている。俺はフォルカー。料理長だ。えーっと、君は平民の出だったな」

「……そうです」

「料理できるか？」

「できますけど」

アレキサンデルに仕える前は、トゥルク王国の神殿で下働きをしていたロベルトだ。躊躇いなく答えると、フォルカーはいかつい顔を緩めて笑った。

「じゃあ台所を頼む」

「えっと、はい」

「給料はそこそこだけど、空いてる時間に勉強したいんだろ？　朝は人が足りているから、昼食と夕食の準備と後片付け以外は自由にしていい。よかったな」

「ありがとうございます」

「じゃ、こっちへ。部屋に案内する」

厨房の脇の狭い部屋が与えられたロベルトは、早速その日から野菜を刻むことになった。何がなんだか分からないうちに、無心になって大量の玉ねぎを刻む。

「新入り！　もっと細かくしろ！」

「はい！」

怒鳴られたが、殴られるまではない。トゥルク王国の神殿時代とは比べものにならないほど楽だった。そうやって2日が過ぎた。

少し慣れたロベルトは、空き時間に勉強するという名目を果たすために、早朝、外に出た。まだ日が昇りきっていない朝露の残る中庭に出る。

屋根のあるところで寝られるのはありがたい、と体を伸ばしてロベルトは思う。食事に困らないことも、空き時間にふらりといなくなっても誰にも咎められないのもいい。何か言われたら、図書室で本を読んでいたと言えば誤魔化せる。

逃亡生活を続けてきたロベルトにとって、この2日は蜂蜜のように甘い日々だった。

バシッ。

だからこそ3日目、ロベルトは、自分で自分の頬を両手で叩いて言い聞かせた。

——何、寛《くつろ》いでんだ、俺は。

一生ここにいられるわけではないのだ。

——大体、本名がバレているんだ。ゆっくりはできない。

ロベルトは、それがゲレオンの脅しだと察していた。言う通りにしなければ、いつでも全部バラすぞ、というわけだ。

そのゲレオンからは、女が到着した1週間後にクヴァーゼルの町まで連れてこいとだけ言われていた。それまでは大人しくしていろ、とも。それ以上の詳細は語られなかった。なぜさらうのか、さらったあと、どうするのか。ロベルトも知りたいとは思わなかった。その代わり、厳重に注意されたことがある。

……いいか、トゥルク王国からの女の客は2人いる。そのうちの地味な方だ。間違ってもこっちはさらうな。

そう言ってゲレオンが見せたのは、オルガ・モンデルランの姿絵だ。金髪の巻毛が可愛らしい、いかにも貴族のお嬢様といった感じだった。

……こいつをさらうと後々面倒だ。お前に頼みたいのは、これじゃない女、黒髪に黒い目の方だ。見ればすぐに分かるだろう。

確かにそうだった。

エルヴィラがマジェナたちを案内しているところを見かけたロベルトは、瞬時にあれだと思った。黒髪と黒い目の女が、派手な服装のオヤジと並んで歩いている。

野菜を運んでいたロベルトは慌てて厨房に戻り、玉ねぎが入った籠《かご》を渡しながら、フォルカーに聞いた。

「客が来たんですか？」

フォルカーは籠を受け取りながら言った。

「妃殿下のお客様のことか？　ああ、トゥルク王国の大神官候補らしいぞ」

「あの派手なオヤジが？」

「驚くなよ。若い女の方もそうだ。ええっと」

フォルカーは前掛けのポケットからメモを取り出して読んだ。

「ゲルヴァツィ・ガジェスさんとマジェナ・ハラマさん。２人とも特別扱いせず、通常食でいいとのことだ」

驚くなよ、と言われても無理だった。顔に出さないようにするだけで精一杯だ。大神官候補？

しかも片方は女？

――聖女様も思い切ったことをする。

ロベルトは、なんとなく筋道が見えたような気がして納得した。俺がさらうのは次期大神官候補なのだ。

移動用の荷馬車は修道院のものを奪えとゲレオンに聞いている。あとは、どのタイミングでマジェナをさらうか、だ。早くマジェナをクヴァーゼルの町に連れて行って残りの報酬を手に入れたいと思ったロベルトは、時間をかけてマジェナの様子を観察した。確実に仕事をやり遂げるためだ。

その結果思ったのは、こいつ馬鹿か、ということだ。たった数日見ただけなのに、マジェナは一緒にいる派手なオヤジに始終仕事を押し付けられていた。

例えば、早朝。回廊を歩くマジェナと派手なオヤジのあとをロベルトはこっそりとつける。

オヤジはマジェナに偉そうに言う。

「今日は厩舎《きゅうしゃ》の掃除だったな」

「はい。掃除をしてから寝藁《ねわら》の交換、水換え、とのことでした」

数歩進んで、オヤジは立ち止まる。

「う、腹が痛い。ちょっと抜ける」

「そうなんですか？　お大事になさってください」

当然、オヤジは戻ってこない。

その間、マジェナは黙々と糞《ふん》を掃除し、寝藁を用意し、水を換える。

頃合いを見計らって、派手なオヤジが戻ってくる。ほんの短時間、オヤジも水を換える。そして、掃除が終わる。これでも、２人で力を合わせて厩舎を綺麗《きれい》にしたことになるのだ。ロベルトはイライラした。

派手なオヤジにいいように使われているマジェナにもイライラしたが、そのオヤジのしていることが、昔の自分のしていることと同じだったことに気付いて余計にイライラした。

トゥルク王国にいたときのロベルトは、ひたすら要領よくありたいと思っていた。だから、人に仕事を押し付けて、上の者にだけいい顔をした。神殿の下働きから宮廷の文官になるかと言われたときは喜んで飛びついたし、アレキサンデルに頼まれて、人には言えないこともした。指示されたから。ただそれだけ。深く考えない。あのオヤジからは、そのときの自分と同じ匂いがする。

ロベルトは、愚鈍《ぐどん》なほど真面目なマジェナのことはよく分からない。だが、オヤジのことなら理解できる。あいつは自分に関係ないと思ったら、なんでも切り捨てる。人の気持ちなんてどうでもいい。自分の心地よささえ確保できればそれでいい。そういう男だ。

なぜなら、俺がそうだからだ。

ロベルトはさらに観察を続け、マジェナがこっそりと1人で朝、お祈りをしていることにも気が付いた。礼拝堂で、ではない。それはいつもみんなが行っている。

マジェナは早朝の礼拝に参加してから、さらに中庭で1人、手を合わせて祈っているのだ。まるで足りなかったかのように。

時間にすれば数分。

マジェナは微動だにせず目を閉じて立っている。

そして、ロベルトのことなど気付かず、すぐに立ち去る。派手なオヤジがその頃になってようやく起きてくる。2人で連れ立って食堂に向かう。またいいように使われて掃除する。

ロベルトはイライラしながらマジェナを観察し、いっそ早くさらいたいとまで思った。そうしたら、こんな気持ちからは離れられる。

そんなことを考えていたせいか、マジェナを観察して4日目——ロベルトはヘマをした。

マジェナと出会ってしまったのだ。

◇◆◇◆◇◆

薬草園の隣の雑木林《ぞうきばやし》で、いつものようにマジェナが薪拾いを押し付けられているときのことだった。

あまりにも林の奥深く入っていくマジェナが気になったロベルトは、うっかり近くまで行きすぎた。ぽき、と足元の小枝を踏む音がする。ロベルトは、ヤバい、と近くの木の陰に隠れようとした。だが。

「誰かいるんですか？　ガジェスさん？」

マジェナが振り返る方が早かった。

そのままじっとしておけばよかったのに、ロベルトは急いで逃げようと踵を返した。次の瞬間、切り株に足が引っ掛かり、体が宙に浮いた。顎から着地する。

ズサッ！

音と同時に、マジェナがこちらに駆け寄るのが分かった。

「大丈夫ですか⁉」

顎を打ったせいもあり、ロベルトはしばらく顔を上げられなかった。

「気を失っている？　人を呼んできますね！　じっとして」

「待……て」

ロベルトは仕方なく顔を上げた。マジェナの顔がすぐそこにあった。その黒い瞳に覗き込まれたロベルトは、心臓が止まりそうになった。なぜかは分からない。

「歩けますか？」

ロベルトは答えられなかった。ただマジェナを見つめる。マジェナは照れずに見つめ返す。

「痛みますか？　どうしようかな、ギード様に言えば……」

ロベルトはハッとして言った。

「もう大丈夫だ！」

目立つのはまずい。

「大丈夫だから……放っといてくれ」

「でも……」

マジェナの視線はロベルトの顎から離れない。もしやと思って手をやると、べったりと血が付いていた。転んだときに切ったのだろう。これではマジェナも心配するはずだ。心配。そう、心配してくれている。ロベルトは思わず口走った。

「じゃあ、明日！」

「は？」

「明日もここに来てください！　そして、怪我《けが》の様子を見てください」

「今すぐ見た方がよくないですか？」

「明日がいいんです！　今日、帰って自分で手当てしますから、それがうまくいったか確かめてください」

自分でも何を言っているのか分からなかったが、マジェナは少し不思議そうな顔をしてから頷いた。

「いいですよ」

ロベルトは表情には出さず喜んだ。喜んでいる自分に気付いてしまった。惚れたとかではない。

ただその目でまた見てほしいだけだった。その目に、自分を映してほしい。

血だらけで厨房に戻るとよってたかって驚かれた。薬を塗ってくれたフォルカーに、マジェナのことを隠して状況を説明する。

「切り株につまずいた？　なんだそりゃ」

ロベルトは自分でもそう思った。そして指を折って確認した。

――マジェナをさらう期限まであと３日だ。


一方、クヴァーゼルの町を調べさせていたルードルフは、クリストフから新たな事実を手紙で受け取った。

「――これは見過ごせないな」

険しい表情でルードルフは呟く。隣にいたフリッツも頷いた。

◇◆◇◆◇◆

ガジェスにとって、ゾマー帝国に来てからの毎日は苦痛の連続だった。

研修生の部屋に案内されたときは、驚いて声も出なかった。

こんな牢獄みたいな部屋で1週間！　この私が！　しかも平民の女と同等の扱いを受ける。

信じられなかった。

命じたのが聖女エルヴィラでなければ、大暴れして待遇改善を訴えたところだ。だが、さすがのガジェスも、聖女に逆らうと大変なことになるのは知っている。トゥルク王国の国民として従うしかない。

ここさえ乗り越えれば大神官だ。ガジェスはそう言い聞かせて、我慢しようとした。

――シモン・リュリュの時代から神官として仕えてきた私が、あんな平民の女なんかに負けるわけがない。次の大神官は私だ。

シモン・リュリュに天罰が下ったと聞いたとき、ガジェスが真っ先に思ったのは、もしかして自分にもチャンスが訪れるのではないかということだった。

前例のない非常事態だからこそ、下位神官のガジェスにも可能性が生まれる。周囲の神殿関係者がいつまでも呆然としている隙を狙ってガジェスは動き出した。

――お前らはそうやって泣いていろ。せっかく空いた椅子は、取られる前に私が奪う。

誰かが不幸になれば自分が幸せになる。ハスキーヴィ家が没落したときも、ガジェスは率先してその領地を安く買い叩いた。おかげで財産が増えた。

爵位を継いだ兄は、ガジェスの理解者だ。ガジェスの助言なしには伯爵家が繁栄しなかったことをよく分かっている。兄の協力の元、ガジェスは新しい宗派を作った。それがヤープールだ。

――作ったというと語弊がある。

人々の気持ちの中にあったものを、刺激して、補強しただけだ。

そうしたら、どんどん寄付が集まった。単純な話だ。お金を出すから、自分たちは特別だと感じさせてほしいという下位貴族たちがたくさんいたのだ。彼らを満足させるために、ガジェスは大神殿も建てることにした。ゆくゆくはそこに自分が大神官として収まる。なんて素晴らしいんだろう。

記憶の中のシモン・リュリュは、いつも不機嫌で、すぐ怒る気難しい老人だった。話しかけたいとも思わなかったが、いかなるときも大勢の人を従えていて、彼の言葉ひとつで人々が一喜一憂することは羨ましかった。

ガジェスもそうなりたかった。

なのに、突然現れたマジェナという女が邪魔をする。

マジェナさえいなければ、ガジェスの願いは叶《かな》うはずだ。先に邪魔をしたのはあちらだ。掃除を押し付けるくらい、大したことではない。

マジェナがエリックやギードに告げ口しないか心配でしばらく見張っていたが、愚鈍なこの平民の女は、与えられた仕事が終わると、睡眠時間を削ってまで、図書室に通っている。大聖典《デヴァンシュ》の丸暗記など、大神官にとって必須ではないのに、本当に要領の悪い娘だ。

それにしても、エルヴィラは何をしているんだろう、とガジェスは思う。早く大神官になる見極めをしてくれなくては。そろそろ我慢の限界だ。

「飯もまずいし」

ぽつりと呟いたガジェスは、今日も納屋の裏でうたた寝をする。マジェナに仕事を押し付けて。

◇◆◇◆◇◆

切り株につまずいて顎を血まみれにした修道士が去っていく後ろ姿を、変な人だと思いながらマジェナは見送った。

「……まあいいか」

すぐに薪拾いを再開する。神殿や修道院には変な人が多いから気を付けな、とテレサが言っていたのを思い出したのだ。そういう意味では、あの人はここでは「普通」なのかもしれない。

明日も会う約束をしたのは、単純に怪我の具合が気になったからだった。ぱっくり割れて血が出ていた。絶対に痛いはずなのに、痛がらない。我慢しすぎる人かもしれない。

マジェナにも心当たりがあった。冬の水仕事で赤切れができても、痛がったらうるさがられる。それくらい大したことはないと怒鳴られるくらいなら、もう痛いと思うのをやめようと思うのだ。

でも、テレサがそれはダメだと教えてくれた。痛いものは痛い。ちゃんとそう感じなくては治るものも治らない。余計に膿《う》んだりするから、結局はちょっと痛いくらいで手当てした方がいい。

あの人も、ちゃんと治らなかったら困るよね。

「よっ……と」

薬草園の裏手に薪を積んだマジェナは、うーん、と声を出して腕を伸ばした。薪を運びすぎて肩が痛い。だけど、言われただけの分は置いた。

見計らったかのように、ガジェスが現れた。と、宿舎の近くで不意にガジェスが立ち止まった。

「終わったのか」

「はい」

「では戻ろう」

自分に仕事を押し付けるガジェスを、マジェナは告げ口しようとは思わなかった。掃除も薪拾いもせずに、あちこちで身を隠す方がずっと大変だと思っていたからだ。マジェナなら掃除をする方を選ぶ。それだけだ。

「なんだその目は」

「なんでもありませんけど」

「くそ……なんで私がこんな女と」

独り言が大きい。最近は特にイライラが募《つの》っているようだ。贅沢《ぜいたく》に慣れている人は大変だなあと、他人事のようにマジェナは思う。

「よく覚えておけ。お前は絶対に大神官になれない」

八つ当たりなのか、突然、ガジェスは吐き捨てるように言った。マジェナはそれには疑問を抱く。

「どうしてですか？」

それが分かるのは聖女エルヴィラ様だけだ。だが、ガジェスは得意げに笑った。

「どうして？　分からないのか」

「ええ、まあ」

「それだよ、その髪。その瞳。魔性《ましょう》の色だ。お前が今ここにいるのは、魔性を抑えていると見せつけたい聖女様の演出だ。大体、なぜそんな大それた願いを持った？　周りの迷惑を考えなかったのか？　お前は所詮《しょせん》、大神官を目指してなれなかった女として有名になるのが精々だ。お前の出身の修道院も、お前の親もお前のことを恥じる——痛い！」

どこかから飛んできた石が見事、ガジェスの額に当たった。

マジェナは驚いた。どこから石が？

「誰だ？」

大きな声を出したガジェスが、額に手を当て周りを見回した。もちろん誰も答えない。

柱の陰に隠れながらロベルトは混乱していた。手当が終わり、野菜を取りに行く途中だった。

目立つことは避けなくてはいけないのに、派手なオヤジが偉そうなことを言うから、思わず石を投げてしまったのだ。

「……らしくないことばかりしているな」

ひとりで呟いた。

◇◆◇◆◇◆

次の日、ロベルトが林に行くと、マジェナはやっぱり薪を拾っていた。待っていてくれたんだとほっとしてから、いや、待っていたのかは分からない、と考え直す。とにかく、マジェナはそこにいた。ロベルトを見つけると、薪を地面に置いて駆け寄った。

「怪我はどうですか」

「もうなんともない」

「嘘ですね。ギード様に言って薬をもらってきました」

マジェナは腰に括《くく》り付けていた袋から、さらに小袋を取り出した。

「俺のことを言ったのか？」

「心配しなくても、あなたにとは言っていません。私が使うフリをしてお願いしました。怪我をしたとバレたら怒られるんですか？」

「……多分、怒られはしない。でもかっこ悪いから」

「そういうものですか。自分で使えます？」

「ああ」

「ではこれ」

マジェナが渡したそれを、ロベルトは両手で受け取った。

「塗り薬です」

「……ありがとう」

振り絞るようにそれだけ言った。マジェナは淡々と言った。

「会えてよかったです」

ロベルトは返事ができなかった。マジェナは気にせずに続ける。

「薬をもらうとき、ギード様が教えてくれたんです。予定が1日早まって、明日の朝、ここを発《た》つって。今日渡せてよかった」

ロベルトは何も言えないまま、その場に立ち尽くした。では、と背中を向けるマジェナをロベルトは無言で見送った。

◇◆◇◆◇◆

「帰国が1日早まった?」

いつものように納屋の陰で昼寝をしていたガジェスは、薪を集め終わったマジェナにそう聞いて驚いた。研修生の部屋に戻りながら、マジェナは話を続けた。

「朝の礼拝のときにギード様が教えてくださいました。明日の早朝に迎えが来るので、その馬車に乗って宮殿に向かうそうです。そこでリシャルド様やオルガ様と一緒に帰ります」

「なぜもっと早く言わない⁉」

「朝から何度も言おうとしたのですが、ガジェス様はその前にどこかに行かれたので……」

確かに、いつものように腹が痛いと抜け出そうとするとき、マジェナが珍しく引き止めようとした。説教されるかと思って無視したのだが、それならそうと言えばいいのに。相変わらず愚鈍な女だ。

――しかし、困ったな。

顔には出さず、ガジェスは焦った。最終日にマジェナをさらうように盗賊を雇っていたのに、これでは入れ違いになってしまう。仕方ない、なんとか手を打つか。

ガジェスは眉を思い切り寄せて下腹を押さえた。

「……腹が痛い」

「またですか？　ギード様に診ていただいたらどうですか？」

「いや、寝ていれば治る。エルヴィラ様が来たら教えてくれ」

日が暮れる少し前の時間に、エルヴィラはいつもガジェスとマジェナの様子を見にくるのだ。

それまでは寝ているということだとマジェナは了解した。

「分かりました」

ガジェスが部屋に引っ込んだのを見たマジェナは、図書室に行った。戻ってくる様子がないことを確認したガジェスは、早速修道院を抜け出した。町の外れの宿屋が、ガジェスの雇った盗賊団の仲介をしているのだ。

合言葉を使い、仲介業者の男を呼び出したガジェスは、以前のように布で顔を隠して言った。

「予定変更だ。１日早くしてくれ」

じゃらり、とガジェスは追金の入った袋を差し出した。仲介業者の男は肩をすくめる。

「完全にやり遂げられるか保証はないぞ」

「おい、それなら金を返せ」

袋を引っ込めようとすると、男は慌てて手を伸ばした。

「まあまあ、分かった、分かった」

「やるのかやらないのか、どっちだ？」

「やればいいんだろう。前に言っていた通り、修道院にいるところをさらうのか」

ガジェスは少し悩んだ。修道院の方が警備は手薄だ。だから、最終日にマジェナを偽の馬車に乗せ、そのままさらわせるつもりだった。だが、変更になった予定ではそれも難しい。

「宮殿でさらうのは無理か？」

「それはごめんだ。あの皇太子の警備の堅さは尋常じゃない」

聖女エルヴィラを守っているのだろう。ガジェスは頷いた。

「じゃあ、こういうのはどうだ？　目的の女を、宮殿からもう一度修道院に戻す。そのときを狙ってくれ。裏に偽物の馬車を用意してくれたら、それに乗るように言う」

「そんなので乗るのか？」

「乗るさ。素直なんだ」

仲介業者は少し意外そうな顔をした。

「自分の言うことを疑わない素直な女を、そこまでしてさらいたいのか？　よっぽど私怨が込められているんだな」

「詮索はよせ。できるか？」

「ああ、それならできる。ただ、もう少しだけ上乗せしてもらおう。馬車代と御者代だ」

舌打ちをしながらガジェスは、持っていたありったけの金を渡す。

「これで最後だ」

仲介業者はへらへらと笑った。

「任せておけ。さらった女をどうするかはこちらの勝手だったな？」

「ああ、好きにしろ。ただし逃すな？　近くをうろちょろされては困る」

「安心しろ」

上客だと思われたのだろう、仲介業者は笑みを消さない。

ガジェスは不安を抱いたが、仕方ないと思い直す。やれるだけのことはしなければ。

そして急いで修道院に戻った。窓から入り、最初からそうだったように寝台に横になる。抜け出したことは誰にもバレていないようだった。


「ガジェス様、エルヴィラ様がお見えになりました。お体はどうですか？」

しばらくすると、マジェナがそう知らせに来た。

「ああ、おかげで治った。すぐに行く」

修道院の応接室に、エルヴィラとギードが待っていた。マジェナから聞いていた通り、急な帰国の説明をする。さっきまでの仲介業者とのやりとりなどなかったかのように、ガジェスは抗議した。

「もう帰るとはどういうことですか」

ギードが何か言おうとしたが、それを止めてエルヴィラが答える。

「西の町から天気が崩れていると伝令がありました。お兄様もオルガ様もお忙しい身、足止めされる前に出発したいとのことです」

「足止め？　はっ」

ガジェスは皮肉っぽい笑いを浮かべる。

「足止めされていたのは私ですよ！　こんなところで毎日毎日、掃除や薪拾いばかりして！　そしてもう終わり？　どういうことですか？　大神官の研修とやらはこんなものなんですか？　一体いつになったら大神官が決まるのですか？」

積もり積もった不満が爆発する。エルヴィラの側に控えていたギードが眉間に皺を寄せた。

「ガジェス様、最初に言ったはずです。これが研修だと」

ガジェスはギードではなく、エルヴィラに訴えた。

「たかだかこんなことのためにここに呼んだのですか？　こんな遠くまで。そして結論の出ないまま帰す？　ひどくないですか？」

エルヴィラは冷静な口調でガジェスに言った。

「お忘れですか？　お２人がここにいるのは、あなたたちがそう望んだからですよ」

ガジェスは何を言われているのか分からなかった。マジェナも困惑した顔をしている。エルヴィラはそんなガジェスとマジェナを見て続けた。

「大神官候補だからと言って、大神官になれるわけではないのはご存知ですよね」

これにはマジェナが頷いた。

「はい」

「マジェナ様、ガジェス様。わたくしはこれからも、大神官になりたいと願う方には誰にでも、研修を受けさせるつもりでいます」

「誰にでも!?」

「ただし、昨日今日思いついただけの方ではダメですよ」

エルヴィラは微笑んだ。

「マジェナ様はずっと小さい頃から、ワドヌイ様にその思いを打ち明けていた。ガジェス様は私財を投げ打って大神殿を建てようとなさっている。その気持ちが重要なのです」

ガジェスは唖然《あぜん》とした。大神殿を建てようとしている自分が、この女と同等に扱われている。

横を見ると、マジェナは安心したようにエルヴィラを見つめている。

「……ほっとしました」

「どういうことですか？」

「私、本当のところ、ヤープールに対抗するためだけに選ばれたのかと思っていました」

マジェナはその黒い瞳を輝かせてエルヴィラを見た。

「でもそうじゃなかった。私は私の行動で選ばれたのですね。よかった」

「その通りです」

頷いたエルヴィラはガジェスにも顔を向けた。

「ガジェス様もですよ」

「え？」

「ガジェス様がここにいるのは、ガジェス様がそう行動したからです。誇ってください」

「……ですが」

平民の女と一緒にされるのは我慢ならないと言おうとしたら、先にギードが口を開いた。

「物置の脇の寝心地はよかったですか？」

マジェナは驚いた顔をしていた。ガジェスの顔色は真っ白だ。

「あの、それは、エルヴィラ様、あの」

ガジェスの言葉を無視して、エルヴィラはマジェナに聞く。

「他に何か言いたいことはありませんか？　皇太子妃ではなく、聖女と大神官候補としての話です」

マジェナはぎゅっと手を握りしめてから、ゆっくりと口を開いた。

「これで帰ることに異論はありません。ですが、ひとつだけエルヴィラ様にお聞きしたいことがあります」

「なんですか？」

「エルヴィラ様は、どうしてトゥルク王国に祈りに来てくださらないのですか。みんな、エルヴィラ様が来てくださるのを待っています。エルヴィラ様が王国に足を踏み入れてくださるだけで安心するのです。だから、いつか……いつか来てくださいますか？」

少しの沈黙のあと、エルヴィラは答えた。

「今、私がいないことで、何か困ったことはありますか？」

すると、驚いたことにマジェナは、そこでガジェスを見た。まさか私の意見を求められている？　ガジェスは困惑した瞳を返した。ガジェスが何も言わないことを確信したマジェナは、ゆっくりと首を振る。

「いいえ、ですが――」

「わたくしの望みは、わたくしがいなくても皆様が幸せでいられることです」

「……いてくださった方が幸せです」

エルヴィラは微笑んだ。

「ありがとうございます。そうですね、正直に言いましょうか。皆様が幸せならいいと思うのと同時に、わたくしは少し怖がっています」

「怖い？」

「はい。驕《おご》った意見と思うかもしれませんが、あの国でわたくしが引き起こしたこと、わたくしにも制御不可能な出来事。それに頼りきりになって、またわたくしに何かあったら？　わたくしは皆様が大事だと思うからこそ、それが怖いのです」

「そんなこと」

「あるかもしれませんよ？　わたくしが天に見放されるようなひどいことをして、奇跡を起こせなくなる。それどころか、もっとひどい災害を招くかもしれません」

マジェナは力強く言った。

「エルヴィラ様に限って絶対にあり得ません」

エルヴィラは首を振る。

「わたくしだって、シモン・リュリュ様のことをそう思っていました」

「……」

「お気持ちはありがたく受け止めます」

エルヴィラはギードに視線を送った。ギードは頷く。

「それでは明日の朝、迎えに来ます。荷物をまとめておいてください」

◇◆◇◆◇◆

その夜、ロベルトは野菜の籠に、ゲレオンからの手紙が紛れていることに気が付いた。この修道院にもゲレオンの手のものがいるのかとロベルトは絶望的な気分になった。

——計画変更。明日の昼、宮殿の裏の馬車で待機せよ。女が来たら連れてこい。

何度もその文字を読み返す。つまりそれはマジェナをさらうということだ。分かっているのに、できそうもない。どうしよう。

いっそ、マジェナをさらって、クヴァーゼルじゃない町に連れていこうか。

狭い部屋で、ロベルトはそんなことを考えた。馬鹿げているはずなのに、その考えはロベルトの胸を甘く痛ませた。来てくれ、とロベルトが一生懸命頼んだら、もしかしてマジェナはうんと言ってくれるのではないか。

そんなことはあり得ないと分かっている。でも、空想が止まらない。

——知らない町に2人で住んだらどうだろう。仕事は何かあるだろう。家を借りて、マジェナには家のことをしてもらう。

だが、そんなことをしたらマジェナは、二度とロベルトをあの澄んだ瞳で見ないことは分かっている。

ロベルトも馬鹿ではない。マジェナは今の環境にいるからマジェナなのだ。

だけどもう、ゲレオンの言う通りにさらうこともできない。そんなことをしたら、マジェナはきっとひどい目に遭う。ゲレオンがナイフをロベルトに渡して、マジェナの命を奪えと命令することもあり得るのだ。

かといって指示通りにしなければ、ロベルトの身に危険が迫る。

「どうしたらいいんだ……」

ロベルトはゲレオンからの手紙を眺めながら呟く。

どれほどの時間、そうしていただろうか。

「……よし」

ロベルトは、闇に紛れて修道院を抜け出した。

◇◆◇◆◇◆

そして翌朝。いつものように早朝礼拝と中庭でのお祈りを済ませたマジェナは、ひとりで林に行った。あの変な修道士にもう一度会えるかと思ったのだ。

だが、そこには誰もいなかった。

「それもそうか」

独り言を呟いてから、マジェナは腰につけていた袋を木に結びつけた。追加の薬だ。あの人に届きますように。

「遅いな」

世話になった修道院や神殿の人たちに挨拶を終えたガジェスとマジェナは、荷物と一緒に神殿の入り口に佇《たたず》んでいた。だが、迎えはなかなかやってこなかった。

痺《しび》れを切らした頃にフリッツが来た。

「遅くなってすみません、早急に宮殿に移動しましょう」

顔色が悪い。何かよくないことが起こったのだと、察せられた。

「どうしたのですか?」

馬車の中でマジェナが聞いた。

「内密にお願いしますね」

フリッツは固い声で答えた。

「――オルガ様が行方不明なのです」

どうかいなくなりませんように

——オルガ・モンデルランが行方不明。

このタイミングでこの事件。

ガジェスは馬車の中で蒼白になった。

まさかとは思うが、あいつら、オルガとマジェナを間違えてさらったのではないか？　だとしたら、とんでもないことをしてくれた。

「どうしました？　ガジェス様。気分でも？」

動揺が顔に出たのか、フリッツがガジェスに尋ねた。マジェナも心配そうにガジェスを見ている。

見るな見るな見るな。もし、オルガをさらったのが私の手のものだとバレたら大変だ。宰相の息子《リシャルド》は婚約者を溺愛していると聞いている。もしかして、私が最初からオルガをさらうつもりだと誤解されたら、ただでは済まない。

——私はマジェナを排除するだけのつもりなのに。

「大丈夫です。すみません」

「そうですか？」

フリッツはそれ以上尋ねなかった。彼も内心それどころではないのだろう。

やがて馬車は宮殿に到着した。

そこはすでに大騒ぎだった。

ガジェスたちは、エルヴィラの執務室に呼ばれた。リシャルドやルードルフ、オルガの侍女カミラたちが集まっている。

カミラがあらためて、オルガがいなくなったときの状況を説明した。

それによると、オルガはいつも通りに起きて、支度をして朝食を食べ、寛いだ様子で時間を潰していた。そこに、視察のついでにオルガが城下町で買った、帽子やアクセサリーが届けられた。カミラがその対応に当たっている間に、オルガはいなくなってしまったというのだ。

「私も信じられませんでした。ですが部屋中、どこを探してもオルガ様はいないのです。まるで消えたみたいに」

オルガはすぐにリシャルドに報告した。リシャルドは騎士たちやルードルフに声をかけ、宮殿中を捜索した。やはりオルガはどこにもいなかった。

「それは心配ですね」

マジェナが悲しそうに眉尻を下げた。ルードルフが言い添える。

「ガジェス殿、マジェナ殿、そういうわけで、帰国がしばらく遅れるかもしれない。あるいは貴殿たちだけ先に帰すこともありうる」

途端にリシャルドが怒鳴った。

「オルガが見つからないという前提か！」

「そんなことは言っていない。客人にもしもの話をしているだけだ」

「もしもの話などする暇があったら、オルガを探せ！」

「今探しています、お兄様」

エルヴィラが宥《なだ》めて、ようやくリシャルドは黙ったが、その体からは恐ろしいくらいの殺気が放たれていた。荒い動作でリシャルドはルードルフを睨む。

「帝国の守りはこんなに手薄なのか」

「申し訳ない」

ルードルフは頭を下げた。

「全力をあげている」

「お兄様、申し訳ありません……なんとしてでも無事に取り戻します」

「当たり前だ！」

大変な騒動を目の当たりにして、ガジェスは途方に暮れた。一体オルガはどこに消えたのだろう？　オルガをさらったのが自分と関係ない奴らならいいのだが。あるいは古い井戸にでも落ちたのか？　だが、部屋から突然そんなところに行くわけがない。大体、そんなものがあればとっくに探しているだろう。あるいはそうか、とガジェスは閃く。

絵姿まで売られている美女だ。この機会に手に入れたいと思う奴がいたのかもしれない。うん、きっとそうだ。

ルードルフが言う。

「念のため、お2人にもお聞きしたいのですが、オルガ嬢がいなくなる原因に何か心当たりはありませんか？」

ガジェスは内心ビクッとしたが、もちろん顔には出さなかった。

「いいえ、まったく」

マジェナも頷く。

「修道院に籠りきりだったので、今日は久しぶりにお会いできると思ってました」

ルードルフはわずかに目を細めて頷いた。

「分かりました。ありがとうございます。それでは……こういう事情ですので、ガジェス様とマジェナ様は、しばらく宮殿で過ごしていただけますか。そして、オルガ殿の名誉のためにも、このことはくれぐれも外部に漏らさないように願いたい」

皇太子が自分に頼み事をする状況は悪くなかった。ガジェスは頷く。

「承知しました。オルガ様が無事戻るよう、このガジェス、一心に祈ります。もちろん他言はしませんのでご安心を」

「ありがたい。では、お2人は部屋で休息を。あとで温かい飲み物でも運ばせよう」

「恐れ入ります」


待機のために与えられた部屋は快適だった。

修道院の窮屈な生活から解放されたガジェスは、やれやれと上等の服に着替え、メイドが運んできた、たっぷりのブランデーが入った紅茶を飲んだ。

「うまい！」

生き返った気分だ。しかし、のんびりはしていられない。ガジェスにはもう一仕事残っている。

カップを空にしたガジェスは、マジェナの部屋に向かった。

「マジェナ殿、いるか？　話があるのだが」

扉をノックすると、マジェナが出てきた。

「どうしました？」

「頼みがある」

ガジェスはあたりに誰もいないことを確かめてから言った。

「また腹が痛いんだが、腹痛に効く薬を修道院に忘れてしまった。取りに行ってくれないか」

「私がですか？」

マジェナの疑問は嫌味ではなく、なぜ自分なのかという率直な気持ちの表れのようだった。

ガジェスは弱々しく訴える。

「このガジェス、腹が弱いなんてことを誰にも知られたくない……マジェナ殿には今さら隠し立てできないので、恥を忍んで頼む」

案の定、マジェナはすぐに頷いた。

「分かりました。どこにあるんですか？」

馬鹿め、とガジェスは内心ほくそ笑む。

「修道院の、私の部屋だ。きっと寝台の脇にある」

「すぐに行きます」

「あ、マジェナ殿」

ガジェスは慌てて付け足した。

「こんなときだ、出て行ってはいかんと言われるかもしれない。裏に馬車を用意したので、こっそりとそれに乗ってくれ」

「分かりました。お気遣いありがとうございます」

「——こちらこそ、ありがとう」

ガジェスは満足そうに微笑んだ。

◇◆◇◆◇◆

「ルードルフ様の読み通り、動き出しましたね」

マジェナがこっそり宮殿を出て裏手に向かうのを宮殿の高台から見下ろして、フリッツは呟いた。ルードルフが隣で頷く。

「あれでどうしてバレないと思うんだ」

「思い込みですかね？　自分は大丈夫という」

「堂々としすぎて疑われないというのはあるかもしれないな」

そこからは、門番と二言三言話をしたマジェナが、外で待っていた馬車に乗り込むところがよく見えた。

「ガジェス殿にも呆れたな」

ルードルフが冷ややかに言った。

人目につかないように気を付けて裏門まで移動したマジェナは。ガジェスの言う通り、馬車が停まっているのを見て駆け寄った。

「あの、お話を聞いているかと思いますが、修道院までお願いできますか」

そう声をかけると、御者が低い声で答えた。

「承っております」

目が合って、マジェナは驚いた。忘れようのない、その痛々しい傷跡。顎に怪我をしたあの修道士がそこにいたのだ。

「御者だったんですか？」

思わず聞く。しかし彼は首を振った。

「とりあえず乗ってください」

マジェナが乗り込むと、御者が扉を閉めた。やがて馬車が動く。

「あれ？」

窓から外を見たマジェナは、道が違っていることに気付く。

「こっちじゃないです。修道院に行きたいんです」

しかし、怪我をした修道士は答えない。馬車は反対方向に進んでいく。

宮殿で寛いでいたガジェスは、のんびりとこのあとのことを考えていた。

オルガが失踪してすぐ、マジェナがいなくなる。頭に血が上ったリシャルドはそれをどう捉えるだろうか。

とにかくマジェナを探すだろうが、見つかるわけがない。やがて好き者の貴族に売り飛ばされるか、辺境で働かされるかの身だ。どこかに閉じ込められているだろう。

姿を見せないマジェナはオルガの失踪に関係があると、誰彼ともなく言い出すはずだ。誰も言わなければ私が言えばいい。万が一、オルガが無事に戻り、マジェナとはなんの関係もないと分かったとしても、一度付いた評判はなかなか覆らない。マジェナを推薦したワドヌイの派閥を潰すいい機会だ。

素晴らしい、とガジェスは微笑む。

これも、誰かがオルガをさらってくれたおかげだ。誰かは分からないが礼を言う。もしかして同じ仲介業者を使ったのかもしれんな。だとしたら、やはりトゥルク王国の関係者か？

大神官候補が自分だけではないと知ったガジェスは、慌ててゾマー帝国で動ける裏の人間はいないかと探した。すると、ハスキーヴィ家で下働きをしていたヨハンという男が名乗りを上げ、あの仲介業者を教えてくれた。ハスキーヴィ家をやめてから、ヨハンは金のためになんでもするようになったそうだ。まあ、ヨハンの事情などどうでもいい。ガジェスは喉の奥でくつくつ笑った。帝都でもそんな仕事をする奴がいるとはな。正義感ぶった皇太子もまだまだ抜かりがある。

と、ガジェスの部屋の扉を誰かがノックした。誰だろうと思いながら答える。

「どうぞ」

フリッツだった。もしかしてオルガが見つかったのか、と思っていると、フリッツは怪訝《けげん》な顔で口を開いた。

「ガジェス神官、馬車を呼びましたか？」

「馬車？」

「はい。裏門に見慣れない馬車があるのですが、聞けば修道院に行くために呼ばれたと言うのです。ですから、ガジェス神官かマジェナ殿が呼んだのかと思ったのですが」

ガジェスは血の気が引く思いがした。修道院に行くための馬車が裏にある？　もしかして、それこそがマジェナをさらうための馬車なのか？　マジェナは間違って別の馬車に乗ったのか？　あの愚鈍な女ならあり得る。

なんとかこの場を切り抜けないと。ガジェスは必死で言葉を探す。

「そういえば、先ほどマジェナ殿はどこかに出かけたようだった。手違いで2つ呼んだのかもしれない」

「そうですか」

フリッツは納得したようだった。ガジェスは安堵したが、次の瞬間、また息が止まりそうになった。

「それでは、エルヴィラ様が修道院に向かうと言うので、使わせてもらいますね」

――待ってくれ。

ガジェスは声にならない声で思う。

聖女はまずい。万が一、聖女を誘拐なんてことをしたら。その結果、傷でも付けたら。

――天は私を生かしておかないだろう。

人間《ルードルフ》の怒りからは逃げられるかもしれないが、天からは逃げられない。

ガジェスは平静を装って言い訳を口にする。

「そうだ、思い出した。それは私が呼んだ馬車かもしれない。ですからエルヴィラ様には申し訳ありませんが、それは私が乗ります。聖女様が乗るような馬車じゃないでしょう?」

フリッツはいい笑顔で言った。

「エルヴィラ様はそんなこと気にしませんよ。行き先も修道院ですし。お出かけなさるなら、ガジェス様には違う馬車を用意しましょう」

「結構だ！」

ガジェスは思わず叫んだ。

「どうしたんですか？」

「いや、これは失礼……聖女様にそんな失礼なことをと思って」

フリッツは納得したように頷いた。

「さすが、大神官候補者様ですね。私なんかつい、エルヴィラ様がそう仰るならそれでいいかと思ってしまいます」

「それではいかん。聖女様をもっと敬わなくては」

「肝に銘じます。ではエルヴィラ様にはいつもの馬車に乗っていただきましょう……そこの君」

フリッツは離れたところで待機していた若い騎士に言った。

「エルヴィラ様の馬車を用意するように言ってくれ」

「分かりました」

騎士は立ち去る。ガジェスはほっとした。フリッツはいかにも善意というふうに付け足す。

「ガジェス神官にも、もっといい馬車を用意しますね」

「いやいや、私などそれで十分です。それでは急ぐので」

ほっとしたガジェスが足早に裏門に向かおうとしたとき、さっきの騎士が戻ってきた。フリッツが聞く。

「早いな。どうした？」

「馬車を用意しようと思ったのですが、お付きの侍女の言うことには、エルヴィラ様は、馬車があるならそれに乗る、とお出かけになったそうです」

「——なんだと？」

ガジェスは目の前が真っ暗になった。

「ということは、その裏門の馬車に？」

「そうです」

ガジェスは思わず呟いた。

「嘘だろ……」

だが、すぐに踏ん張った。ここで諦めてはいけない。

「まだ間に合う！　追いかけてエルヴィラ様を助けるんだ！　そいつは人さらいの馬車だ！」

「何？」

フリッツは驚いた声を出したが、ガジェスは先に走り出した。何度も話に聞いたシモン・リユリュの最期がよみがえる。聖職者でありながら聖女を冒涜《ぼうとく》し、雷に打たれて死んだ大神官。死にたくない。まだ死にたくない。頼む。間違いないんだ。聖女に手を出すつもりはない。信じてくれ。

ガジェスは転びそうになりながら、裏門に向かう。上着の宝石が邪魔だった。だがあと少し。

――頼む、間に合ってくれ。

しかし、ガジェスの願いも虚しく、裏門にもその周囲にも馬車はなかった。

「ああ……」

ガジェスはその場でうずくまる。地面に手を付いて、ぼろぼろ涙をこぼす。

「もうダメだ……死にたくない……」

怖かった。今すぐ雷が落ちてきそうで怖かった。そこへ。

「ガジェス神官」

「ひっ！」

誰かがガジェスの腕を引っ張って無理やり立たせようとした。

「やめてくれ！　許してくれ！　私のせいじゃない！」

ガジェスは涙と鼻水の出た顔で叫ぶ。

「落ち着いてください。エルヴィラ様なら無事です」

「え？」

顔を上げると、怪訝な顔をするエルヴィラと、怒気を放つルードルフがいた。ガジェスの腕を掴《つか》んでいるのはフリッツだ。

「エルヴィラ様!?　ご無事で！」

思わず駆け寄ろうとしたが。

ガシャッ。

いつの間にかガジェスの周りを、剣を抜いた騎士たちが囲んでいた。ガジェスは戸惑う。

「これはどういうことですか？　説明してください」

「説明してもらいたいのはこちらですよ」

フリッツがガジェスから腕を離さずに言う。

「ガジェス神官。どうしてその馬車が誘拐犯の馬車だと分かったのですか？　エルヴィラ様が乗ったと思ったら、そんなに慌てたのはなぜですか？」

ルードルフがエルヴィラを背後に隠しながら言う。

「もういい。話は牢屋で聞け」

「はい！」

騎士たちが揃って返事をし、ガジェスを引っ立てる。

「やめろ！　何するんだ！　やめろっ！」

ガジェスは抵抗したが、屈強な騎士に左右から腕を捕まれた。最後の望みをかけて、エルヴィラに向かって叫んだ。

「なぜこんなことに？　聖女様！　助けてください！　エルヴィラ様！　どうかお慈悲を！」

ルードルフの顔色が変わったが、ガジェスは気付かなかった。うわ、とフリッツが小声で呟いた。左右の騎士たちがゴクリと唾《つば》を飲んだ。だがガジェスはまだ叫ぶ。

「お優しいエルヴィラ様！　エルヴィラ様が聖女なら見捨てないはずです！」

「待て、まだ牢屋に連れて行くな」

ルードルフが低い声で言った。やった！　助かった！　ガジェスはほっとしたが、ふと冷気を感じた。

「逃さないようにして、跪《ひざまず》かせろ」

ルードルフが騎士たちに命じる。ガジェスは無理やり地面に額を擦り付けられた。

「何をする――ぎゃっ」

ルードルフが靴のままガジェスの頭を踏みつけた。もう一度、空気が冷える。

――これは、殺気か。

ようやく気が付いたガジェスは、踏みつけられたまま震え出した。殺される。でもなぜ？

私は何もしていないのに。ガジェスの頭に足を置いて、ルードルフは告げる。

「――エルヴィラの慈悲を安っぽく使うな」

「ぐ……」

ルードルフの殺気は収まることがなかった。フリッツも騎士たちも、ただ見守るしかない。ガジェスは声も出せない。

「ルードルフ様、もうその辺で」

眉尻を下げたエルヴィラがそう声をかけなければ、ルードルフはその場でガジェスを斬っていたかもしれない。だがルードルフは大きく息を吐いて、ガジェスから足を下ろした。場の緊張が少し緩む。

「顔を上げさせろ」

「はっ」

「なぜこんなことに、と言ったな？　では教えてやろう」

涙と泥で汚れたガジェスは、何か言おうと口を動かしているが、唇が揺れるだけで声にはならない。ルードルフは、その顔に顔を近付ける。

「クヴァーゼルという町を知っているか？」

突然の質問にガジェスは答えられない。ルードルフは続ける。

「国境の町なんだが、最近追い剥《は》ぎがよく出るという。これはよくない、と私の部下たちが盗賊たちを片端から捕まえて徹底的に調べた。すると面白いことが分かった。何か分かるか？」

「い、いえ……」

「こいつら、追い剥ぎ以外にもいろいろしていたんだ。図々しく活動範囲を広げ、節操のない集団に成り果てていた。さらに」

ルードルフは声をひそめ、ガジェスの耳に囁いた。

「国境の町、という地の利を生かしているのか、トゥルク王国からの後ろ暗い依頼も受けているんだ……この意味、分かるか？」

心臓を鷲掴《わしづか》みにされるほどの恐怖がガジェスを襲った。

「ヨハン、と言ったか。ハスキーヴィ家の元下働きだ」

ルードルフの瞳には、怯えて震えるガジェスが映っている。

「盗賊を調べると、その男の名前が出てきた。それから、ヨハンを通してガジェス神官殿、貴殿の名前も」

ルードルフはガジェスから目を離さずに続ける。

「だけど証拠がない。分かっているのは、ヨハンが貴殿と接触し、さらにクヴァーゼルの町の盗賊団と接触した、それだけ。ヨハンのことはトゥルク王国に知らせたから、今頃追われているだろう。しかし貴殿を何もなかったかのように帰すのは気が進まない。しょうがないから観察することにした」

「観察……？」

「帰る日が1日早まったとき、貴殿が修道院を抜け出したのは分かっていた。すぐに会ってい た男を捕まえたが、意外と口が固い。時間をかければ話すだろうが、それでは貴殿はトゥルク王国に帰ってしまうだろう。だから、ちょっと揺さぶりをかけてみた」

揺さぶりと聞いたガジェスは恐る恐るあたりを見回し、目を見開いた。遠く離れたところに、リシャルドとオルガがいたのだ。

「……騙したな」

力なく呟く。最初からオルガはさらわれてはいなかった。ガジェスはただ茶番を見せられていたのだ。ルードルフは冷ややかに笑った。

「人聞きが悪い。機会を与えたんだ。この状況で、なんの関係もないオルガが間違えてさらわれたのかもしれないと思わなかったか？　罪を悔いて白状しようとは？　ほんの少しでも貴殿に怯えが見えないか、ずっと観察していたんだよ」

「怯えておりました！」

ガジェスはここぞとばかりに言う。だが、ルードルフは首を振る。

「嘘だね。お前にはずっと自己保身の色しか浮かんでいなかった」

「そんなことはありません！　じゃあ、どうしてエルヴィラ様が馬車に乗ったと嘘をついたんですか？　これも試していたんでしょう？　それなら私は合格じゃないですか！　エルヴィラ様が危ない目に遭うと思ったから必死で止めたんです。エルヴィラ様！　ガジェスは常にエルヴィラ様のことを考えております」

――がっ！

ルードルフは爪先でガジェスの足を蹴った。

「ルードルフ様」

エルヴィラの咎めるような声がする。

「ああ、すまない。つい。この男がエルヴィラの名前を出すのが許せなくて」

その言葉はガジェスではなくエルヴィラに向けて放たれた。ルードルフは、再びガジェスに向き直る。

「馬車を止めたのも保身からだろ？　聖女エルヴィラを傷付けたらどうなるか。それだけしか考えていなかったんだ。分かっている。お前は自分のことしか考えていない」

「そんなことはありません！」

「だったら、マジェナ殿は今どこにいる？」

ガジェスはハッとした。そうだ、マジェナは修道院に向かった。そこに馬車があったからだ。

だが、仲介業者はルードルフたちに捕まっている。なのに、なぜ馬車は動き出した？

「――連れてこい」

「はい」

ルードルフに命じられた騎士が、若い男とマジェナを連れて戻ってきた。ガジェスは叫ぶ。

「マジェナ！　無事だったか」

ルードルフは呆れたように言う。

「お前、よくそんなこと言えるな？　さらわせる馬車を手配したくせに」

「でも乗ってない！　乗ってないじゃないですか」

「そうだな。でも、マジェナ殿が無事なのは、お前の手柄じゃない」

ルードルフはマジェナの隣にいた若い男に向かっていった。

「罪を悔いて、何もかも白状したロベルト殿のおかげだ」

◇◆◇◆◇◆

昨夜のことです。お兄様たちの帰国が1日早まったことで、わたくしはエルマたちと大慌てでいろんな段取りを変更しておりました。

「エルマ、お客様たちのお部屋をお願い」

「はい！　お任せください」

「エルヴィラ様、皆様にお持ち帰りいただくお土産の用意はできました」

「ありがとう、ローゼマリー」

そんなことをしていますと、クラッセン伯爵夫人が、ルードルフ様がお見えになったと知らせに来ました。ルードルフ様が、何か考えていらっしゃる様子で仰います。

「忙しいところを申し訳ない。エルヴィラ、今日、修道院に行ったんだろう？　大神官候補の方たちの様子はどうだった？」

ガジェス様やマジェナ様のことですね。わたくしは微笑みます。

「お2人がここにいるのは、お2人がそう望んだからというお話をいたしました。あと、納屋の脇の寝心地のことも少し」

「納屋？」

わたくしは、ガジェス様がマジェナ様に仕事を押し付けていたことを話します。すべてギード様から報告を受けていました。

「でも研修は今回だけじゃありませんから。何回も受けていただくうちに、ガジェス様も変わられるかもしれません」

「何回も……そうか」

ルードルフ様は思案するように呟いてから、わたくしを見つめて仰います。

「さっき、宮殿に客が来たんだ。手数だが、エルヴィラもその客の話を聞いてほしい」

わたくしはもちろん頷き、ルードルフ様と一緒に応接室に向かいました。

お客様はわたくしに背を向ける格好で、ソファに座っておりました。どなたでしょう、と思いながら、わたくしはソファに近付きます。と、気配でお客様が振り向きました。

「あ……聖女様」

顎に痛々しい傷を付けた男性は、わたくしを一目見てそう仰り、ソファから立ち上がりました。ルードルフ様が紹介します。

「エルヴィラ、こちら、ロベルト・コズウォフスキ殿だ」

ロベルト……ロベルト・コズウォフスキ?

わたくしは思わず高い声を出しました。

「あのロベルト様ですか?」

ロベルト様は所在なげに頷きます。ロベルト様がアレキサンデル様にお仕えしたのはわたくしがトゥルク王国を出てからのことなので、直接お話ししたことはなかったのですが、いろんな報告書でロベルト様のことは存じておりました。確か国境の森で亡くなったと聞いております。わたくしは驚きを隠せませんでした。

「ご無事だったんですか？」

「はい」

「よかったです……」

ご苦労もあったでしょうが、まずはそう思います。

「帝国にはどうやって？」

ロベルト様はルードルフ様をチラリと見ました。ルードルフ様は頷きます。

「ロベルト殿、エルヴィラにもう一度説明してほしい。この国でロベルト殿が見たものすべてを」

そうしてロベルト様は話してくださいました。ここに行き着くまでの流れを。マジェナ様を守りたいと思うご自分の気持ちを。

「自分に罪があることは自覚しています。だから、どんな罰も覚悟しています。だけど、マジェナさんは何もしていない。何も悪いことをしていないんです。どうか、どうか、マジェナさんを助けてください」

ロベルト様はそう言って、膝をつき、わたくしとルードルフ様に頭を下げました。

「そんな……台無しだ。何もかも」

ロベルト様とマジェナ様が一緒にいる理由を聞かされたガジェス様は、力なく項垂《うなだ》れました。

「ゲルヴァツィ・ガジェスを牢屋に連れていけ！」

「はい！」

ルードルフ様の命令に騎士たちが応えます。そして、ロベルト様にも仰いました。

「ロベルト殿、あなたの身柄も拘束させてもらう」

マジェナ様が、えっ、とロベルト様の顔を見上げましたが、ロベルト様は騎士たちに向かって穏やかに仰いました。

「承知しております。どうぞ」

騎士たちに左右を挟まれて、ロベルト様も移動します。

「あの！」

マジェナ様が叫びました。

「止まってやれ」

ルードルフ様の言葉に、騎士たちとロベルト様が足を止めます。

「あの、私、その、私何も知らなくて」

マジェナ様は振り絞るように言いました。

「ありがとうございます……」

ロベルト様は何も答えませんでした。小さく笑ったような気がしましたが、気のせいかもしれません。


「それではお兄様、オルガ様、マジェナ様、お気を付けて」

お兄様たちの帰国は、あまりにもいろんなことがありすぎて結局、翌日になりました。馬車の前まで見送りますと、お兄様が心配そうに空を見上げます。

「天気は大丈夫かな」

ルードルフ様も同じように空を眺めました。少し、雲が多いものの、まだ大きく崩れてはいないようです。

「今のところ、思った以上にひどいことにはならなさそうだ」

「急いで帰るとするか」

お兄様はそう言いました。すると、

「あの」

堪えきれない、といった様子で、オルガ様が口を開きます。

「最後にお伺いしてよろしいかしら？」

どうぞ、とルードルフ様が答えます。

「ガジェスという人は結局、どうなるんですか？」

「今のところ、こちらで勾留しているが、取り調べが済んだらそちらに戻すだろう。あとはルストロ宰相に任せる。余罪がどこまであるかだが、少なくとも神官職をはじめ、地位は剥奪されるだろう」

「ではロベルトさんは？」

「ロベルトもまだ取り調べを受けているが、こちらは素直に応じているし、自分から罪を告白してきたことも大きい。トゥルク王国と相談の上、本人が希望すれば、平民として引き続き修道院で働くことはできるんじゃないかな」

「それなんだが」

お兄様も気になるようで、口を挟みました。

「盗賊団はロベルトを、ロベルトだと知って仕事に誘ったのか？」

「ああ、それは偶然なんだが」

ルードルフ様は説明します。

「国境を越えたところでロベルトは、有り金と貴重品を全部盗まれたんだ。その中に、シモン・リュリュの紋章の入った指輪があったらしい。盗賊団の中に、それが何か分かる奴がいて、使いようによっては便利な男かもしれないと、もう一度自分たちが襲ったロベルトを探しに戻ったんだ」

「そうしたら、クヴァーゼルの町で行き倒れていたのか」

「ああ。飯を食わせて恩に着せて、これからもいろいろ仕事をさせるつもりだったんだろうな」

「じゃあ、あの時点で罪を告白したのは、ロベルトさんにとってもよかったのね」

オルガ様が頷きます。

「そうなるな。修道院の出入りの業者もあいつらと繋がっていたらしいから、そこも今洗っている。ロベルトの告発の意義は大きいよ」

わたくしもふと思い出して言いました。

「それにしても、オルガ様がいなくなったときのお兄様の怒りようはすごかったですわ」

お兄様は心外だというように首を傾げます。

「当たり前だろう。想像でも我慢できなかったんだ」

オルガ様が残念そうに仰いました。

「私も見たかったわ。ずっと別室から出られなかったから、退屈だったし。次は私の前で見せてね」

「次なんかないよ」

「分からないわよ？」

「絶対にないさ。僕がいるから」

なんとなく甘ったるい雰囲気になりそうだったのを止めるためか、ルードルフ様が早口でお兄様に仰います。

「リシャルド、トゥルク王国のことを頼むぞ。なにしろ、エルヴィラの故郷だ」

「ああ、今度は来ないとか言わせないぞ」

「それはどうかな。そのためには今回の件、しっかりと収束させてくれ」

「任せておけ」

お兄様とルードルフ様が楽しくお話しされているので、わたくしは少し離れたところにいらっしゃるマジェナ様のところに行きました。

「マジェナ様、どうぞお気を付けて」

「……ありがとうございます」

「体調などは大丈夫ですか？」

マジェナ様は、一緒に研修を受けていたガジェス様がご自分を危険な目に遭わせようとしていたことに衝撃を受けている様子でした。

「はい。いえ、まだ少し驚いています」

「大神官になるのは嫌になりましたか？」

わたくしは率直に聞きました。責めているわけではありません。ですがマジェナ様は首を振ります。

「エルヴィラ様、あんなにいろいろあったのに、私、まだ諦められないんです。不思議ですよね」

「それはマジェナ様にとって不思議なことなのですか？」

「はい。今回のことで、いろんな人がいろんな立場でいらっしゃると分かりました。やっぱり私でいいのかな、と思う気持ちはあるんですが、なぜか絶対に諦めようとは思えないのです。そうでない自分を考えられない」

「そうでしたか」

わたくしは少し考えてから言いました。

「『乙女の百合祭り』のことはご存知ですよね」

はい、とマジェナ様が頷きます。

「トゥルク王国にも、何か国民の皆さんが参加できるお祭りがあればいいですね。その日はヤープールもウーイルヴォヒも、神殿も修道院も関係ないような」

言いながらわたくしは、トゥルク王国の次の一歩はそういうところからかもしれないと思いました。マジェナ様は力を込めて言いました。

「私が大神官になったら、そんなお祭りをじゃんじゃんします！」

わたくしは微笑みます。

「楽しみにしていますね」

「はい」

マジェナ様はしっかりと頷きました。そして、トゥルク王国の皆様は帰ってしまいました。

◇◆◇◆◇◆

「疲れたね。大変だったろう」

その夜。久しぶりにルードルフ様と2人でお茶を飲む時間を持てました。ご自分のことより先にわたくしをねぎらってくださるルードルフ様の言葉だけでも温かい気持ちになります。

「いいえ、これくらいで疲れたなんて言ってられませんわ。ルードルフ様の方が大変でしょう。クヴァーゼルの件もまだ調べることがありますし」

「私は大丈夫だよ」

ルードルフ様はゆったりと微笑み、わたくしは思わずお礼を申し上げました。

「ありがとうございます」

「何がだ？」

唐突なわたくしの言葉に、ルードルフ様は首を傾げます。わたくしは言い添えました。

「わたくしのためにいろいろと動いてくださっていたんでしょう？」

「そんなにはないよ」

ということは、かなりありますね。わたくしはお茶のおかわりを淹れながら、呟きます。

「そういえばわたくし、思ったのですが」

「何を？」

「ルードルフ様のなさることって、ほぼすべてわたくしのためではないでしょうか」

ルードルフ様は瞬きを繰り返しました。もしや見当違いのことを申し上げたのかもしれません。わたくしは慌てて説明します。

「思い上がったかのようなことを言って申し訳ありません。そうではなく、なんというか、ルードルフ様はこれからもいろんなことをされて、ときにはそれはわたくしには言えなかったりするのでしょうけど、きっとルードルフ様のなさることの根底には、わたくしを思ってくださる気持ちがあるのだと感じたのです」

言葉にすると、ちょっと違うような気もしました。とても感動したので言いたかったのですけど、なんと表現したらいいんでしょう。わたくしがもどかしい思いでルードルフ様を見つめますと、ルードルフ様が突然わたくしの手を取りました。

「そうだよ、エルヴィラ。その通りだよ！　そうだ、そうだったんだ！　私のすることは全部、エルヴィラへの気持ちが溢《あふ》れてしまうことが根底にある。自分でも今すっきりした！」

「え、あ、そうでしたか。間違ってなかったのなら……よかったです」

言葉で返されると、これもなんというか顔が赤くなります。

「ただ、ひとつだけ訂正したいことがある」

ルードルフ様は手を離さず仰います。

「なんですか？」

「私がすることは全部エルヴィラへの愛ゆえなのは間違いないんだけど、だからといってエルヴィラのためにじゃないんだ」

「え？」

どういうことでしょう？　ルードルフ様はとても優しい目で仰います。

「単に、私がそうしたいだけなんだ。それだけなんだ。つまり私は、ものすごくわがままな男なんだよ」

「でもそれは、わたくしのためになさっているんでしょう？」

「結果的にそうなっているだけで、基本はしたいからしている」

ルードルフ様はわたくしの手をご自分の口元に持っていき、口付けしてから仰います。

「こんなふうに」

ルードルフ様は手を離さずに続けます。

「だけど、エルヴィラは何も気にしなくていい。嫌なら嫌と言えばいい。それは遠慮しないように。前にも言ったけど、なんでも言ってほしい」

「そうなのですか……？」

わたくしが考え込みながら黙ったことに気付いたルードルフ様は恐る恐る聞きます。

「もしかして、すでに何かあって我慢しているのか？」

わたくしは頷きます。ルードルフ様は意を決したように仰いました。

「言ってくれ！　すぐに改める！」

では、とわたくしは勇気を出して口を開きます。

「お仕事が忙しいときは」

「うんうん」

「落ち着いてからでいいので、あとでまとめて、一緒にいるお時間を増やしてほしいです。会えない時間は、それを励みに乗り越えますから」

「ん？」

「ダメでしょうか？」

「……いいに決まっている！」

ルードルフ様は手を離して、わたくしを抱きしめました。わたくしは笑いながら言います。

「苦しいですわ」

「それはやめてほしいってこと？」

「……違います」

よかった、とルードルフ様がわたくしの頬に手を添えました。

◇◆◇◆◇◆

その夜。すやすやと眠るエルヴィラを見つめながら、ルードルフは今日もエルヴィラがそこにいることに安堵した。一緒に過ごす時間が長くなり愛しさが増せば増すほど、ルードルフの胸にはエルヴィラには言えない思いが募る。すなわち、不安が。

彼女は確かに天に愛されている。彼女に害なすものを、きっと天は許さない。あのガジェスさえもそれは感じ取っていた。

それがどういうことが、誰よりもエルヴィラが自覚している。だからエルヴィラは常に自分の影響力を考えて行動するのだ。だが、ルードルフの視点は少し違う。

豊作が続くトゥルク王国では、聖女様のおかげだと民が感謝しているらしい。だが人は慣れる。いつか凶作になったとき、彼らがエルヴィラを逆恨みしないとは言えない。天はそのとき彼女を守ってくれるのだろうか。あるいは、もしも王国民のほとんどがシモン・リュリュのようになってしまったら？　天は今まで通り彼女を愛するのだろうか。

その仮定は、決して大袈裟なものではないとルードルフは思う。何百回目の決意をする。

……彼女を傷付ける者がいるなら、相手が天でも戦うだけだ。

ルードルフにとってエルヴィラが聖女であること、聖女でないことは二の次だった。エルヴィラが何者でも、ルードルフはエルヴィラを守りたいと思うだろう。

明かり取りの窓から、月の光が差し込む。ルードルフはエルヴィラの頬にそっと触れる。

――どうかいなくなりませんように。

そう祈りながら。

◇◆◇◆◇◆

数カ月後、ロベルトは元通り、修道院の厨房に復帰した。

「戻りました」

「おお、ロベルト！　お袋さんの具合が悪かったんだってな？　もう大丈夫か？」

「おかげさまで、元気になりました。今日からまたよろしくお願いします」

ロベルトの事情は、エリックとギードなど、一部の人間しか知らない。だから今まで通り、野菜を刻むことができる。

厨房に戻った最初の日、ロベルトはあの林に行ってみた。そして見つけた。

「……どこまでお人好しなんだ」

そこには、雨風に晒《さら》されたマジェナの袋が、木に括り付けられたままになっていた。中に入っていた薬はなくなっていたが、袋はそのまま置かれていた。

ロベルトは涙を堪えて、それを手にした。自分を映したあの黒い瞳を思いながら。

ローゼマリーの恋

皆様がトゥルク王国に戻ってしばらくが過ぎ、わたくしたちも日常を取り戻した頃のことです。

「エルヴィラ様、少しよろしいでしょうか」

クラッセン伯爵夫人が深刻な表情で、わたくしの執務机の前に立ちました。

「どうしましたか？」

問いかけると、声をひそめます。

「ご相談したいことがあります……内密に」

わたくしはすぐにクラッセン伯爵夫人以外の者を下がらせました。冬の気配がもうそこまで来ている、風の冷たい日でした。

◇◆◇◆◇◆

「ローゼマリーのことが噂になっている？」

「はい。エルヴィラ様のお耳にわざわざ入れるのもどうかと思ったのですが……」

「噂とはどういうことでしょう？」

トゥルク王国から帰ったばかりの頃はともかく、最近のローゼマリーに変わった点はありません。あの頃は、とにかくわたくしにぴったりとくっついて、なにかと心配してくれていたものですが。

しかし、とわたくしは思い直しました。そういえば、ひとつだけ思い当たることがあります。

「最近になって、ローゼマリーの姿を見かけないことが何度かありました。それと関係があるのでしょうか？」

ローゼマリーに用事を頼もうとしても、どこにいるのか分からない、ということが数回ですがありました。仕事に影響が出るほどではなかったので、気に止めていなかったのですが。

案の定、クラッセン伯爵夫人は頷きます。

「申し上げにくいのですが、ローゼマリーは……その……好きな人ができたのではないかと、そんな噂が立っているとエルマが聞きつけてきまして」

好きな人。わたくしはその言葉と、最近姿を見かけないローゼマリーを結びつけます。ということは逢い引きを？　執務中にあのローゼマリーが？

まさかと思いましたが、クラッセン伯爵夫人の真剣な顔がそれを裏付けます。真偽はともかく、そんな噂が立っているのですね。

「お相手はどなたでしょうか？」

宮廷に出仕しなければ修道女になりたかったと言ってのけるローゼマリーです。婚約者はおりませんでした。ゴルトベルグ伯爵がローゼマリーの意に反して決めることもあるでしょうが、それならわたくしの耳にも入ります。

クラッセン伯爵夫人が言いにくそうに続けました。

「それが問題なのです」

つまり、公《おおやけ》には言いにくい相手。だからこそ人の噂にも上るというわけです。

「誰なんですか？　その相手は」

他に誰もいないのに、クラッセン伯爵夫人は声をひそめました。

「――神官のエリック様です」

あのエリック様とローゼマリーが？

「もう、かなり前になりますが、トゥルク王国でわたくしが危機に陥っていたとき、ローゼマリーは神殿で一心に無事を祈ってくれたと聞いております。敬虔《けいけん》な聖女信仰の信者であるローゼマリーが、神殿に足を運ぶことが多いのは分かるのですが」

思えば、わたくしがこの国の神殿で聖女認定を受けたとき、トゥルク王国に帰らないでください、と震えながら申し立てたのもローゼマリーでした。あのとき、神官として祭祀《さいし》を行ったエリック様はローゼマリーを止めませんでした。

わたくしはそれを、エリック様のローゼマリーに対する信頼の証だと受け取りました。同じように、ローゼマリーのエリック様に向けるそれも信頼と尊敬だと思っていたのですが、違ったのでしょうか？

わたくしは、いつも笑顔でてきぱきと働いてくれるローゼマリーを思い浮かべます。

「どうも腑に落ちませんね」

クラッセン伯爵夫人も断定を避けるように言いました。

「まだ、噂の段階ですし……」

「そうですね。けれどもし本当なら、困ったことになります」

もちろん、わたくしもクラッセン伯爵夫人も、ローゼマリーを心から祝福したい気持ちはあります。ですが。

「エリック様が神官でなければよかったのですが」

「本当に……」

わたくしはクラッセン伯爵夫人と目を合わせてため息をつきました。神殿に籍を置くものは、結婚できない決まりなのです。恋人も同じこと。噂が本当なら、わたくしは2人に罰を下さなければいけない立場です。

それが分かっているからこそ、クラッセン伯爵夫人は内密にこの話を持ち出したのでしょう。

「早急に事実を確認しなくては」

クラッセン伯爵夫人の緊張した気配が伝わりましたが、わたくしは安心させるように微笑みました。

「もちろん、一方的に問い詰めるようなことはしません。先にエルマに話を聞きましょう。どんな人がどんなふうに噂を流していたのか気になります」

「承知しました」

クラッセン伯爵夫人がほっとしたように頭を下げます。

◇◆◇◆◇◆

ほどなくして、エルマが執務室に入ってきました。

「お呼びでしょうか」

「ええ、そこに掛けてくれますか？」

緊張したように座るエルマの向かいに、私も腰掛けました。

「ローゼマリーの噂のことなのですが、誰から、どんなふうに聞いたか教えてくれますか？」

あらかじめ予想していたのでしょう。エルマはゆっくりと喋り始めます。

「最初はキッチンメイドのマリーが言っていたのを聞きました」

「どのように？」

「ローゼマリー様とエリック様が、その、逢い引きを重ねていると」

「マリーはその現場を見たのですか？」

「いえ、そういうわけではなく、マリーもハンスから聞いただけだそうです」

ハンスは馬丁《ばてい》です。声も体も大きい壮年の男性でした。なるほど、馬丁ならローゼマリーの外出の頻度をある程度把握していても不思議ではありません。

「じゃあハンスが見たのかしら」

すると、エルマは強い口調で言いました。

「エルマもそう思って、ハンスのところに行ったんです！　そんなことをベラベラ言いふらさないようにって、頼みに」

そのときのことを思い出したのでしょう。エルマは膝の上に置いた手をぎゅっと握りしめました。

「なのに、ハンスは曖昧に笑うばかりで、詳しくは教えてくれなかったんです。お前には分からないさって、エルマのことを馬鹿にするみたいに誤魔化して」

目を潤ませたエルマは、わたくしをじっと見つめました。

「エルマ……どうしたらいいか分からなくなって。そうしたら、クラッセン伯爵夫人が、何か悩んでるのって聞いてくれたんです。これ以上変な噂が広まると、ローゼマリー様によくないように思えて、クラッセン伯爵夫人に相談したんです」

エルマはためらう素振りで、何回か息を吐いてから続けました。

「あの、ローゼマリー様は罰せられるのでしょうか……エルマ、やっぱり直接、ローゼマリー様にお話しすればよかったでしょうか」

わたくしはエルマの目の前に移動し、エルマの頬の涙を指で拭います。

「大丈夫ですよ。むしろ、よく言ってくれました。ローゼマリーに直接進言しても、ローゼマリーだとハンスたちを黙らせることはできませんもの。わたくしの耳に入ったからこそ、その者たちにひとまず確信のないことを言いふらさないように注意することができます」

キッチンメイドのマリーや馬丁のハンスが普段話していることを、わたくしが知ることはなかなか難しいでしょう。エルマが教えてくれたからこそ、いち早く手を打てます。

「本当ですか……よかった……」

泣きやまないエルマにハンカチを貸しながら、わたくしは思わず呟きました。

「そう、これが貴族の間の噂話でしたら、わたくしの耳にも、遅かれ早かれ入ったことでしょう……」

そうではないところが、引っかかります。わたくしはエルマに貸したハンカチをじっと見つめて言いました。

「刺繍《ししゅう》でも、しましょうか」

「刺繍ですか？」

エルマが鼻声で問い返します。

「ええ、準備をお願いできますか？」

エルマは、きょとんとしながらも力強く答えました。

「はい！」

◇◆◇◆◇◆

その日の夜。わたくしはカミツレのお茶を淹れながら、ルードルフ様に、一連の報告をしました。柔らかい香りが、寝室に広がります。就寝前にこのお茶を並んで飲むことが、わたくしとルードルフ様の習慣でした。

「そこでどうして刺繍の準備をさせるのか分からないんだが」

わたくしの話を聞いたルードルフ様は、茶器を手に不思議そうに首を傾げます。

「孤児院のバザーに出す刺繍を、ローゼマリーに担当してもらおうと思いましたの。今より外に出る用事が少なくなりますわ」

「そんなまどろっこしいことをしなくても、直接ローゼマリーとエリックに話を聞けばいいじゃないか」

「もちろん、そうするつもりですが、ローゼマリーにも何か事情があるかもしれないでしょう？」

わたくしは湯気の向こうのルードルフ様の顔を見つめました。

「わたくしには、これがローゼマリーとエリック様だけのことではないように思えるのです」

「というと？」

「エルマに話を聞いたあと、すぐにハンスに会いに行ったのですが、急用ができたとかで、代わりの者が馬の世話をしておりました。なんだかそれが逃げたように思えて。考えすぎかもしれませんが、タイミングがよすぎました」

「それは確かにそうだな」

わたくしはため息をつきました。ただ、ローゼマリーが最近姿を消すことが多かったのも事実です。

「明日にでも刺繍をしながら、ローゼマリーと話をしようと思っています」

刺繍、と思うと一瞬気持ちが落ち込みましたが、すぐに持ち直しました。ルードルフ様も頷きます。

「ハンスがどこの屋敷から紹介されたのか、フリッツなら知っているな。明日にでも聞いてみるよ」

ルードルフ様はそう仰いましたが、ルードルフ様もお忙しい身です。

「あの、ルードルフ様」

「なんだ?」

「この件、わたくしに任せてくださいませんか」

ルードルフ様は一瞬、動きを止めましたが、すぐに茶器を置いて頷いてくださいました。

「分かった。頼む」

信頼してくださっている、とわたくしは嬉しくなりました。

「ありがとうございます!」

と、ルードルフ様の動きが止まりました。わたくしはハッとして、頬に手を当てました。

「申し訳ありません……わたくしったら、子供みたいにはしゃいで……ルードルフ様?」

ガチャン、とテーブルに置いた茶器が揺れました。ルードルフ様がわたくしをご自分の方に突然引き寄せたのです。

「ルードルフ様……これではお茶が飲めませんわ」

「いいさ」

ルードルフ様の声が、いつもより近くで響きます。

「おかしいかな？　嬉しいんだ」

「何が……ですか？」

「エルヴィラが笑ってここにいることが、毎日嬉しい」

「……おります」

ルードルフ様は小さく呟きました。

「たまに、目の前のエルヴィラは完璧で、可愛すぎて、いてもたってもいられなくなる」

「そうなの、ですか？」

わたくしは全然完璧などではないのですが、それ以上なんと言っていいのか分かりません。

「だから、こうやって閉じ込めたくなる」

ルードルフ様は、わたくしを包み込むように抱きしめました。茶器からは、まだ温かい湯気が立ち上っています。

◇◆◇◆◇◆

次の日から、ローゼマリーが刺繍に取りかかりました。

「どうですか？」

わたくしが声をかけると、集中していた様子のローゼマリーは、ハッとしたように答えました。

「あ、エルヴィラ様！　申し訳ありません！　つい、夢中になって」

わたくしは微笑んで、隣に腰掛けました。

「こちらこそ突然ごめんなさいね。１枚見せてくれる？」

「はい」

ローゼマリーが手渡してくれたハンカチを広げます。丁寧なステッチが施されていました。

「素敵だわ」

「エルヴィラ様にそう仰っていただけるなんて……」

お世辞ではありません。わたくしは、ステッチを指で、つつ、と触りました。

「面と線がとても綺麗に出ています」

ローゼマリーは少女のようにはにかみました。ハンカチを畳み直しながら、わたくしは思い切って尋ねます。

「これは、どなたか、好きな人を思い浮かべて刺したのですか？」

ローゼマリーが目を丸くして、わたくしを見ました。

「いえ、そ、そんなこと！　だって、これは孤児院に渡すものでしょう？」

言葉とは裏腹に、ローゼマリーは首まで真っ赤になりました。わたくしはさらに質問します。

「けれど、刺繍の入ったハンカチといえば、お守り代わりに恋人や家族に渡すものでしょう？ローゼマリーもお年頃ですし、やはり使ってくれる相手を思い浮かべたのでは？」

ローゼマリーは顔を赤くしながら、天井から床まで関係ないところを一通り眺め、ようやく頷きました。

「はい……申し訳ございません。仕事中に、余計なことを考えて」

「何を思うかは自由ですよ」

「でも……」

その様子はとても可愛らしく、わたくしはローゼマリーの幸せを願うと同時に胸を痛めました。その恋を応援できたらいいのに。ですが、きちんと確かめなくてはいけません。

わたくしはローゼマリーにもう一度問いかけました。

「ローゼマリー、単刀直入に聞きますが、あなたの思い人はエリック様ですか？」

ローゼマリーは驚いたように固まってしまいました。わたくしは、眉を寄せて再度聞きます。

「神官の、エリック・アッヘンバッハ様なのでしょう？」

その名前がようやく意味を持って届いたのでしょう、ローゼマリーは叫びました。

「違います！」

「えっ⁉」

今度はわたくしが目を見開いて、驚く番でした。

「エリック様ではない？」

「あの、むしろ、なぜエリック様だと思われたのですか？　私とエリック様はまったくそのような関係ではありません」

ローゼマリーの疑問はもっともでした。わたくしは、一連の出来事をローゼマリーに話します。

ローゼマリーは終始驚いた様子で聞いていました。

「そんな噂が立っているなんて……申し訳ありません」

うなだれるローゼマリーに、わたくしも謝罪します。

「いいえ。わたくしこそ早とちりしてしまったわ」

普段の仲の良さから、そういうことがあってもおかしくないと思い込んでいました。いけませんね。ローゼマリーは首を振ります。

「いえ、私が悪いんです。疑われるようなことをしたから」

「何か、心当たりがあるの？」

はい、とローゼマリーは頷きました。

「エルヴィラ様もご存知の通り、わたしは小さい頃、病《やまい》で母を亡くしました。まだ子供だった私はそのことをなかなか受け入れられず、母に会いたいと泣いてばかりいました。そんな私に父が、神殿で祈ることを勧めてくれました。祈っていれば、たとえ姿が見られなくても、声を聞くことができなくとも、母を感じることができる、と」

わたくしは黙って頷きました。ローゼマリーは顔を上げます。

「その母の命日が、もうすぐなのです」

「まあ、そうでしたか」

ローゼマリーは言いにくそうに付け足しました。

「だから、私、その、エルヴィラ様に頼まれたお買い物の途中で、神殿に寄って、エリック様に、母のための特別な祭祀をしてもらえるようにお願いに行ったことがありました」

わたくしはまったく怒っておりませんでしたが、ローゼマリーは小さくなってしまいました。

「申し訳ありません！　決して仕事を怠《なま》けるつもりはなかったのですが、通り道だったもので、つい」

「構いませんよ、それくらい」

「でも、きっとそれを見た誰かが、誤解してそんな噂を広めたんです。私がもっと注意しておけば」

「そんなに何度もエリック様に会いに行ったのですか？」

「いいえ、2度だけです」

「2度だけ？」

「はい。祭祀のお願いに行ったときと、そのお返事を聞いたときです」

それだけで噂が流れるでしょうか。わたくしは少し考えてから聞きました。

「ですが、ローゼマリー。最近、たまに姿が見えないことがありましたよね？　あれはエリック様に会いに行っていたのでは？」

そのことからも、わたくしはローゼマリーが逢い引きをしている噂が立っているのかと思っていたのでした。エリック様に会っていないのなら、何をしていたのでしょう？

「あ……それは」

言い淀《よど》むローゼマリーに、付け足します。

「怒っているわけではありません。ローゼマリーは働きすぎなくらいですから、もっと息抜きをしてほしいと思っていました」

それは本当のことでした。けれどローゼマリーは困ったように顔を赤くするばかりで、何も言えない様子です。それでやっと、わたくしも気が付きました。

「もしかして、そのとき、思い人に会いに行っていたのですか？」

逢い引きはその方とだったのでしょうか。そう思ったわたくしに、

「違うんです！」

ローゼマリーが慌てたように否定しました。

「あの、その、私が一方的にその人の姿を見に行っていただけで……全然逢い引きなんかじゃないんです」

ローゼマリーは観念したように言いました。

「私の、片思いなんです」

「片思い」

「はい、相手の人は、私の気持ちなんか気付いてもいないと思います」

「伝えないのですか？」

ローゼマリーは膝の上に置かれた刺繍枠に目を落としました。

「相手の方にご迷惑でしょうから……」

そうでしょうか。ローゼマリーに言い寄られて困る男性はいない気がするのですが。

「もしかして……」

「ち、違います！」

わたくしの懸念をさすがの速さで察したローゼマリーは、力強く否定しました。

「他の神官様でも、結婚している方でもありません!!」

「そうでしたか」

正直、ほっとしました。けれど、それならそれで、伝えない理由がますます分かりません。

「一体どなたなのですか？」

ローゼマリーは再び顔を赤らめて、思い切ったように言いました。

「……トフ様……です」

「え？」

「護衛騎士の、クリストフ様です！」

「まあ！」

クリストフといえば、わたくしがゾマー帝国に来てからずっと護衛をしてくれている騎士です。トゥルク王国にもついてきてくれましたし、帰ってからはクヴァーゼルの町の調査でしっかりと働いてくれました。

ルードルフ様の信頼も厚い、真面目な人柄の男性です。わたくしは思わず前のめりになりました。

「そうだったの！　確かに、顔を合わせる機会も多いですものね！」

言いながら、頭の中で考えます。確かゴルドベルグ伯爵は、ローゼマリーに婿を取りたがっていました。伯爵家の次男であるクリストフなら、家柄的にも条件的にも申し分ありません。いいんじゃないでしょうか。悪くないじゃないですか。

ローゼマリーの恋を祝福できる喜びでいっぱいになったわたくしはそんなことを考え、はた、と目の前のローゼマリーが辛そうなことに気が付きました。わたくしとしたことが。浮かれた気持ちを消して、ゆっくりと聞きます。

「相手の方に迷惑とは、どういうことなの？」

ローゼマリーは唇にだけ笑みを作ります。寂しい笑顔でした。

「私、クリストフ様に嫌われているんです」

その諦めたような表情と、話した内容、両方聞き捨てなりません。

「ローゼマリー、思い切って何もかも言ってくださらない？　話したら楽になるし、何か力になれるかもしれないわ」

「エルヴィラ様……」

わたくしは、椅子に深く座り直しました。

◇◆◇◆◇◆

「おはようございます、クリストフ様」

「おはようございます、ゴルトベルグ伯爵令嬢」

ローゼマリーとクリストフは、もともとすれ違ったときに挨拶をする程度の関係だった。それでも数多《あまた》の護衛騎士の中で、ローゼマリーはクリストフを特に信頼していた。

侍女と護衛騎士。役割こそ違えども、働きぶりはお互い目に入る。

誰もいないところでも馬鹿正直に任務を全《まっと》うするクリストフに、ローゼマリーは親近感を抱いていた。

「クリストフ様、お先に失礼します」

「お疲れ様。ゴルトベルグ伯爵令嬢」

すれ違い様《ざま》に、そんなささやかな会話を交わすのは、同志だからだ。ローゼマリーは、その一瞬のねぎらいに励まされていた。

もちろん、騎士が全員真面目とは限らない。

「アヒム様、それ、お酒ではありませんか？」

同じ護衛騎士でも、公爵家の三男、アヒム・バウムガルデンなどは職務を全うしないことが多かった。宿直中にも度々飲酒をするので、見かねたローゼマリーが注意しても、へらへらと笑うだけで改めない。

「見逃して？」

家柄のよさに加えて顔もそこそこ整っているので、ちやほやされることに慣れているのだろうか。ローゼマリーは毅然として言い返す。

「真冬の外の宿直なら、体を温めたいのだろうとまだ理解できますが、宮殿の中でそれは困ります」

「侍女みたいに楽な仕事ばかりしてる女には、分かんない辛さがあるんだよ」

ローゼマリーは苛立《いらだ》ちを隠して、踵を返した。

「分かりました。侍女ごときが差し出がましいことを申し上げました」

背後からご機嫌な声が飛ぶ。

「分かればいいさ」

「フリッツ様にお伝えして、フリッツ様から注意していただきます」

慌てたように腕を掴まれた。振り返ると、血走った目がそこにある。

「あー、はいはい、分かりましたよ。飲まなきゃいいんだろ？」

「もっと真剣になってください！」

「ふん、堅物」

そんなことがあったものだから余計に、ローゼマリーは同僚としてのクリストフに好感を抱くようになっていった。クリストフならそんなことはしない。クリストフなら、侍女の仕事を楽なものだと切って捨てない。

だがそれも、エルヴィラがトゥルク王国から帰ってくるまでだった。


「どうして！」

トゥルク王国でエルヴィラがさらわれた件を聞いたローゼマリーは、クリストフに抗議した。

「あなた方がついていながら、どうしてそんなことになったのです！」

今さら何を言っても仕方ない。終わったことだし、正式な処分は追って下される。一介の侍女であるローゼマリーがそれに口を出せるわけもない。分かっているのに、どうしても感情を抑えられなかった。

「どうして！　なんでそんな危ないことに！」

「申し訳ない」

クリストフは言い訳をしなかった。怒りもしなかった。ただ、ローゼマリーの話をずっと聞いていた。

しかし、あとになってローゼマリーは、自分が聞いた話はアヒムによってかなり誇張されたものだと知らされた。クリストフたちが実際にはどれほど頑張ってエルヴィラのために動いたのか、他でもないエルヴィラから聞くことができたのだ。

ローゼマリーは確かめもせず、一時の感情で非難したことを後悔した。

全員無事に帰っているということは、皆が頑張ったということだ。職務に忠実な彼が責任を感じていないわけがないのに、自分の心配を盾に、感情を爆発させてしまった。

数日後、冷静になったローゼマリーはクリストフに謝ろうと思い、官舎に足を運んだ。

「また留守なのですか？」

「あ……うん、そうなんだ」

何度訪ねても、別の騎士が気まずそうに答える。同じことを数回繰り返して、ローゼマリーはやっと気付いた。避けられている。

胸が張り裂けそうだった。

無理もない。自分はそれほどひどいことを言ったのだ。一方的な情報で。確かめもせず。騎士の矜持《きょうじ》を傷付けてしまうようなことを。

穏和なクリストフだからその場は流してくれたが、二度と口をききたくないと思われて当然だ。

それから、ローゼマリーもクリストフを避けた。ただ、元気でいるかどうかだけは気になって、仕事の合間に、騎士たちが訓練をしている豆粒ほどの小さな姿をこっそり見に行ったりした。そんなことが何カ月も続いた。

そうしているうちに、クリストフはルードルフの指示でクヴァーゼルの町に行くことになり、こっそり姿を見ることもできなくなった。そうなって、ローゼマリーはようやく自分の気持ちに気が付いた。自分はクリストフを同僚以上に思っている、と。

あのとき感情的になってしまったのは、クリストフへの心配も混ざっていたからだ。

そんなことも見極められない自分の幼さに、ローゼマリーは嫌気が差した。

嫌われて当然だと思った。

◇◆◇◆◇◆

「ですから、そもそも私が悪いんです。あんな失礼なことを……」

ほんのり涙を滲ませたローゼマリーはそう言うと、自前のハンカチで目頭を押さえました。

「悪いのはアヒムじゃないですか！」

「それでも、話を確かめもせずに行動したのは私です」

わたくしはため息をつきました。ハンスと合わせてアヒムのこともフリッツ様に聞いてみなくては。それにしても。

「それくらいでクリストフが嫌うかしら」

「嫌います」

キッパリとローゼマリーは言いました。

「あれ以来、すれ違いそうになっても、直前で道を変えられます。もうずっと長い間」

嫌っているのかはさて置いて、避けているのは確かなようです。何か誤解があるのでしょうか。わたくしはまったく気が付かなかった自分を情けなく思いました。ローゼマリーはずっと独りで悩んでいたのでしょう。

「では、せめて気持ちをきちんと伝えてはいかがですか？　今のままじゃ苦しいでしょう？」

いいえ、とローゼマリーは首を振りました。

「確かに苦しいのですが、これは私のしたことが返ってきただけですから」

「……」

「もちろん、クリストフ様は優しい人です。無理やりにでも謝ったら許してくれるかもしれません。でも、それじゃ私、自分のことが許せないんです。自分がスッキリしたいからって、クリストフ様にまた迷惑をかけるなんてできません」

「ずっとこのままでもいいんですか？」

「今はまだちょっと無理ですけど、もう少ししたら、気持ちの整理がつきます」

そう言うローゼマリーの、ハンカチを握る手に力が籠ったのを、わたくしは見逃しませんでした。

◇◆◇◆◇◆

「お呼びですか、エルヴィラ様」

次の日。

フリッツ様がわたくしの執務室に来てくださいました。ソファを勧めて、すぐに本題に入ります。

「馬丁のハンスですが、もう長いのですか？」

なぜ、とも聞かず、フリッツ様は答えます。

「5、6年というところですね」

「以前はどこに？」

「シーラッハ伯爵のところで長年働いていたようです。ちょうど宮廷の馬丁が1人辞めたので、伯爵の紹介で来たんですよ」

シーラッハ伯爵。その名前には聞き覚えがありました。

「シーラッハ伯爵のご令嬢、デボラ・シーラッハ様といえば、以前、ルードルフ様の婚約者候補に上がっていたお方ですね」

フリッツ様は一瞬だけ、目を大きく開きましたが、すぐに肯定しました。

「はい」

わたくしは微笑みながら、聞かれる前に答えました。

「デボラ・シーラッハ伯爵令嬢と、パトリツィア・クッテル公爵令嬢が、ルードルフ様の婚約者として最有力候補だったと、以前クラウディア様が教えてくださいました」

もちろん、それ以外の候補者の方たちのお名前も教えていただいております。

「皇后様が……」

フリッツ様が力なく微笑みます。必要以上に彼女たちの名前をわたくしの耳に入れないようにと、ルードルフ様に言われていたのかもしれません。わたくしは先回りして答えました。

「ルードルフ様がわたくしのことを心配してくださっているのは、よく分かっておりますわ」

フリッツ様は苦笑します。

「そう仰っていただけるとありがたいですね。エルヴィラ様がゾマー帝国に来たばかりの頃の皇太子殿下ときたら、余計な不安を抱かせないようにあらゆる手を打っていましたから」

わたくしのことを、誰よりも案じてくださるルードルフ様です。不安の種になるようなことは伏せておきたかったのでしょう。

「デボラ様もパトリツィア様も、今は別の方と婚約中であることも知っております。ご安心くださいませ」

帝国に来たばかりのことを思い出しながら、わたくしは言います。

「そんな右も左も分からないわたくしが、安心して『乙女の百合』を育てられたのは、クリストフ率いる騎士の皆様がいたからです」

温室に籠るわたくしを、陰に日向に守っていてくださっていたことは分かっておりました。

トゥルク王国での一件でいろいろな処罰を検討されたクリストフたちですが、王国での働きと相殺されて謹慎《きんしん》のみとなりました。不満の声もありましたが、王国を領邦にできたのは彼らの働きが大きいと、ルードルフ様が説得したのです。

その謹慎も、もう終えています。そろそろクリストフにも幸せになってもらいたいと思っているわたくしは、フリッツ様に概要を説明した上で、単刀直入に聞きました。

「フリッツ様はこの件、どう思いますか？」

ルードルフ様の婚約者候補であったデボラ・シーラッハ伯爵家の紹介で来たハンス。クリストフへの印象を貶《おとし》めるようなことを言ったアヒム。身に覚えのない噂を立てられたローゼマリー。

それぞれ無関係なのでしょうか？

「ローゼマリーとクリストフの仲を裂くことが目的だと思いますか？」

「いいえ」

フリッツ様はあっさり答えました。

「侍女と護衛騎士の仲を裂いて、得をする人は少ないでしょう。どちらかというと、エリック様を失脚させたいんじゃないでしょうか」

「噂と言えば……」

わたくしは意を決して言いました。

「マッテオ様の容体がいよいよくないとの噂が立っていますね」

フリッツも頷きます。

「このままだと、エリック様が大神官になることは決まっています。それを邪魔したい誰かが流した噂でしょう」

「エリック様を失脚させるためにローゼマリーが利用されたと？」

「はい。次の大神官がエリック様だとは、かなり前から言われていますよね。年齢が若いことだけが難ですが、大聖典《デヴァンシュ》を一言一句すべて暗記しているのはエリック様しかいません」

フリッツ様は笑いを滲ませて付け加えました。

「まあ……エリック様の場合は、頑張って覚えようとしたわけじゃなく、単に好きで読み込んだのに近い気がするのですが」

同感です。こほん、とフリッツ様は気を取り直したように続けます。

「それだけでなく、誰にでも公平な態度のエリック様は、庶民の人気も高い。ただ、エルヴィラ様もご存知の通り、大神官は枢機卿団の投票で決まりますので、重要なのは庶民の人気ではなく、枢機卿団での前評判、つまり根回しです」

わたくしは頷きました。

「噂話が足を引っ張る可能性は大いにあるというわけですね。エリック様以外の大神官候補はどなたなのですか？」

「次点がコンラート・ボチェク様、その次がウラジミル・ビーナ様ですね。ただ枢機卿の中からも、エリック様を推す声は強いので、小細工などしても無駄に思えますが。できることならなんでもしたくなるものかもしれません」

わたくしはため息をつきました。小細工などする方に大神官になってほしくありません。

フリッツ様が続けます。

「ローゼマリー様は普段からエリック様と交流があった上に、エルヴィラ様付きの侍女ということで目立っていたので、噂に信憑性が出ると思われたのではないですかね。自分が有利ではないから、相手を貶めようというわけです」

わたくしはしばらく考え込みました。フリッツ様はわたくしの言葉を待っております。心なしか、楽しそうな表情で。

沈黙はそれほど長い時間ではありませんでした。わたくしは口を開きます。

「祈るときは別として、聖女としてのわたくしは、ゾマー帝国の守護者にして象徴という位置づけです。ですから、大神官選出に関しては、本当に何も言いません。聖女が選出に影響するという前例を作りたくありませんので」

フリッツ様は、前のめりになって言いました。

「では、大神官の選出以外では？」

わたくしは目だけで微笑みました。

「少し、口を挟むかもしれませんね」

少しだけですよ。

◇◆◇◆◇◆

その翌日。わたくしは神殿に向かいました。

「こちらでお待ちください」

応接室に案内してくれた若い修道士が頭を下げて立ち去ります。すぐに、足音が聞こえてきました。

「これはこれは……聖女様」

最初に顔を出したのは、一番年上のコンラート様でした。わたくしは立ち上がって挨拶を交わします。

「お忙しいところを、突然お伺いして申し訳ありません」

「いえいえ、こちらこそお待たせして」

今の大神官様ほどではありませんが、コンラート様もかなりのご年配です。剃髪は義務付けられておりませんが、髪の毛は1本もございませんでした。

「まもなく2人も参ります」

コンラート様の目尻の深いしわは、微笑みと共に動きます。

やがて、バタバタともう2人分の足音が聞こえ、ウラジミル様とエリック様もいらっしゃいました。

「ようこそ、妃殿下」

「エルヴィラ様、いらっしゃいませ」

ウラジミル様は、コンラート様よりはお若いとはいえ、エリック様よりも年上で、背が高くほっそりとした、どこか植物のような方でした。エリック様はいつものように気さくな雰囲気を漂わせています。

代わる代わる挨拶を交わし、もう一度硬いソファに座ったわたくしは本題に入りました。

「実は、お3人に折り入って、お願いしたいことがありますの」

「なんでしょうか」

「近々、孤児院への寄付を募るためのバザーを、王都の広場で開催いたします。僭越ながら、皇太子妃としてのわたくしが主宰いたしますの」

「存じております」

コンラート様が言い、他の2人も頷きました。

「その日、皆様にそれぞれお説教をしていただけたらと思うのですが、いかがでしょうか」

「お説教ですか？　神殿でなく広場で？」

コンラート様が首を捻りました。他の2人も同じ疑問を顔に浮かべております。ええ、とわたくしは答えます。

「せっかく大勢の人が集まる機会ですもの。説教台は作りますわ。お1人だと大変でしょうから、お1人1回、間を開けて合計3回。大神官様には許可をいただいております。もちろん、ご都合が悪ければ断ってくださって構いません」

「私はやりますよ。広場でお説教だなんて楽しいなあ」

間髪入れずに答えたのはエリック様でした。目がキラキラしています。

「もちろん私も」

「私も」

残りの2人も答えます。

ありがとうございます、とわたくしはお礼を申し上げました。そして、そういえばと付け足します。

「その日、騎士団も演習の一環として、剣術の小規模な勝ち抜き大会を行いますの。よかったらどうぞそちらも見学してくださいませ」

「勝ち抜き大会？　バザーをしながら？　変わった趣向ですね？」

コンラート様が言います。

「大勢の方に集まっていただいて、少しでも多く寄付を募りたく存じますので」

ウラジミル様も言いました。

「失礼ながら、皇太子妃殿下なら、バザーなどせずとも、孤児院に今まで以上の予算を振り分けることができるのでは？」

「もちろんできます。けれど、それではわたくし亡きあと、どうなるか分かりませんもの。寄付を募ることをきっかけに、皆様が孤児院の現状に目を向けたり、慈善精神がさらに芽生えることが目的です」

「さすがです」

コンラート様が頷きました。

◇◆◇◆◇◆

その夜。

「また面白いことを考えたね」

カミツレのお茶を飲みながら、ルードルフ様が笑いました。

「つまりエルヴィラは、３人がそれぞれ説教をしたら、何かが起こると思っているんだね？」

「これが大神官候補であるエリック様への嫌がらせだとしたら、またとない機会ですもの」

「エリックに女性問題を起こそうだなんて、相手もよっぽど切羽詰《せっぱ》まってるんだな」

ルードルフ様は苦笑します。

「私が知る限り、エリックは恋愛から一番遠いよ。将来は神官になるから一生結婚しないと、子供の頃から言っていた男だ」

まだ子供のエリック様と同じくらい子供のルードルフ様を想像して、わたくしは微笑みました。

「ですが、よほど切羽詰まっているという可能性もありますわ」

「コンラートが？　それともウラジミル？」

「そこまではまだ分かりませんけど」

確かに、とルードルフ様も頷きます。

「ハンスとアヒムが今回の件の協力者だとすれば、シーラッハ伯爵家が関係していると考えた方が自然だな」

「ただ、コンラート様とウラジミル様、どちらが大神官になっても、シーラッハ伯爵家が得をする明確な根拠は今のところ見つかりませんの」

ただ、とわたくしは続けます。

「得はしないけど、損をしない、というのはあるかもしれませんわ」

ルードルフ様は茶器を置いて腕を組みます。

「クリストフがローゼマリーと結婚したら、少なくともエリックの噂は潰せる……クリストフの気持ちはどうなんだ？」

「明日にでも確かめようと思います」

「果たしてそう簡単にいくかな？」

ルードルフ様はそこでもう一度苦笑しました。

「一番がエリックとしても、クリストフもなかなかの堅物だよ」

◇◆◇◆◇◆

クリストフの父と母は、貴族にしては珍しく寡黙《かもく》で、派手なことを好まない性質だった。大きな声を立てることを嫌った父は、クリストフや兄モーリッツが少しでもはしゃぐと叱り、足音を響かせるだけで怒鳴った。

そのためクリストフとモーリッツは、走る前に、音を立てずに歩くことを覚えた。母も使用人たちも静かに歩いていたので、それが当たり前だと思っていた。

そんなクリストフも騎士団に入ってからは、人が変わったように快活になった。

周りから言わせればまだまだ堅物で頑固者だったが、好きなだけ声を出し、好きなだけ鍛練できる日々は、クリストフを本来の溌剌《はつらつ》とした性格に戻したようだった。

無骨なクリストフに興味を持つ女性も現れ、色恋を仕掛けられたこともあった。だが、どれも気乗りしなかった。むしろこのまま独りがいいと思っていた。

仲間もいるし、仕事は楽しい。家督を継ぐ兄は早々に婚約者を決められていたが、クリストフは後回しのままだ。父の興味がそこになかったのだろう。

それでいいと思っていた。クリストフにとって結婚は、自分とは関係ない遠い出来事だった。

あの風変わりな侍女と出会うまでは。

その侍女はいささか変わっていた。主人である皇太子妃殿下と己の信仰に忠実すぎて、周りから浮いていたのだ。

だが、とても真面目で仕事熱心だった。

笑うと春の日の蝶《ちょう》のように愛らしかった。

クリストフにとってのローゼマリーは、気持ちを華やがせてくれる蝶のような存在だった。

ただ目の端にいてくれるだけで安らぐ。それでいい。捕まえようなんて思っていなかった。

いや、違う。

正確には、自分のような面白味のない男には捕まえられないと思っていたのだ。だから、望まなかった。鮮やかな残像だけで十分だと思おうとしていた。それ以上求めるつもりはなかった。本当に。それなのに。

——あなた方がついていながら、どうしてそんなことになったのです！

あんなことを言わせてしまった。辛い気持ちにさせてしまった。クリストフは、何も言い返せなかった。ローゼマリーの言っていることに間違いはなかったからだ。奪還できたからよかったようなものの、クリストフは守るべき人を守れなかった。

ローゼマリーの大事な人を。

皮肉なことにそうやって叱責され呆れられ、ようやくクリストフは自分の気持ちを確信した。この無骨な胸がどうして内側から痛むのか、やっと分かった。任務を失敗した自責の念に加え、ローゼマリーの期待に応えられなかったことが、苦しくて、情けなくて、辛かった。

だから、避けた。

いい年をして取り繕《つくろ》うこともできないなんて馬鹿みたいだと思ったが、クリストフはローゼマリーと顔を合わせることができなくなった。

遠くからローゼマリーが来るのを見て、慌てて道を変えた。ローゼマリーが申し訳なさそうにこちらを見てくれていることは気が付いていた。言いすぎたと思ってくれているのかもしれない。そういう娘だ。非はこちらにあるのに。

だから余計に、もっともっと避けた。

ローゼマリーは悪くないのに、謝らせるわけにはいかない。かといって、向き合うこともできない。クリストフはそんな自分が嫌になった。

◇◆◇◆◇◆

そんなある日。エルヴィラが珍しく、執務室にクリストフを呼び出した。

「ローゼマリーのことを、どう思っていますか」

いきなりそんなことを聞くので、戸惑った。もちろんローゼマリーはその場にはいない。それ以外の者も下がらせている。とはいえ、答える声は小さくなった。

「どう思うとは、どういうことでしょうか」

執務机の向こう側で、エルヴィラはもどかしそうに繰り返した。

「文字通りの意味です。ローゼマリーのことを、どう思っていますか？」

「真面目で仕事熱心な侍女だと思っております」

「それだけですか？」

「はい」

エルヴィラは、ためらいがちに問いかけた。

「例えば、特別な気持ちなどはないのでしょうか」

なぜそんなことを、と思うと同時に、クリストフの中に羞恥《しゅうち》の感情がどっと湧いた。露呈している？　自分の思いが。そんなもの、ローゼマリーにとって迷惑でしかないのに。自分のようなものに思われているなんて。

隠さなくては。

「ありません」

クリストフは素っ気なく答えた。感情を顔に出さないことには慣れている。エルヴィラが、悲しそうに目を細めたように見えたが、気のせいだろう。そう思いたいからそう見えるのだ。

「……勝ち抜き大会には出てくれますか？」

クリストフは首を振った。

「いえ、今回は見送らせてください」

「なぜ？」

「謹慎が解けたばかりですし、目立つことは避けた方がいいかと思いますので」

エルヴィラは他にも何か言いたげだったが、結局は何も言わなかった。クリストフは一礼して、執務室を立ち去った。

それで終わったと思ったら、次の日、今度はルードルフに呼び出された。

ルードルフの執務室には、ルードルフしかいなかった。同じように執務机を挟んで会話したが、エルヴィラと違ってルードルフは、どこか楽しそうな表情で言った。

「クリストフ」

「はい」

「諦めろ」

「何をでしょうか？」

「とぼけるな」

ルードルフは笑った。そして、もう一度言った。

「諦めろ」

「ですから何を――」

「諦めて、かっこ悪い自分を認めろ」

クリストフは黙った。

「お前の気持ちは分かる。長い付き合いだ」

どんな気持ちが、と言う前にルードルフは続けた。

「いいか？　かっこ悪くて、みっともなくて、いいところなんかひとつもない自分なのに、全力で動かなきゃいけないのが」

ルードルフは親指で自分の胸をとん、と突いた。

「恋だ」

「……」

「それが恋だ、クリストフ。諦めて、かっこ悪い自分を認めろ」

言ってからルードルフがまた笑ったので、クリストフは思わず聞いた。

「なぜそんなに楽しそうなんですか？」

ルードルフは、背もたれに体重をかけて言った。

「決まってるだろ？　先輩面できるからだよ」

「は？」

「いつもフリッツにされて悔しかったんだが、なるほど、これは気分がいいものだな」

なんだそれ、とクリストフが内心で呟くと、ルードルフが真面目な顔で付け加えた。

「エリックとローゼマリーが恋仲だと噂が立っている」

「え」

「安心しろ、捏造《ねつぞう》だ」

捏造？

「それはそれで問題じゃないですか」

ルードルフは目だけで頷いた。

「エルヴィラが動いているが、許す、お前も動け。ハンスとアヒムを特に調べろ」

「はっ」

馬丁のハンスと騎士のアヒムがどう関係しているか分からないが、まず頷いた。

「それから、勝ち抜き大会に出て優勝しろ」

しかし、今度は頷けなかった。昨日、エルヴィラに同じことを言われて断ったばかりだ。考え込んでいると、ルードルフはさらにとんでもないことを言った。

「優勝してローゼマリーに求婚してフラれろ」

クリストフは思わず叫ぶ。

「何を仰っているのですか？」

「かっこ悪さもそこまで貫いたら、逆にかっこよくなるんだ」

「いや、優勝はともかく、なぜいきなり求婚しなくてはならないのですか」

「今のお前は中途半端だからだよ」

ルードルフは親指で、今度はクリストフの胸を指した。

「中途半端にかっこつけようとするから悪いんだ。とことんかっこ悪く、あがけ」

他人事だと思って、とクリストフは思ったが、その通りなので何も言えなかった。

確かに自分は中途半端にかっこつけようとしていた。かっこ悪く、あがこうとせず。

◇◆◇◆◇◆

クリストフが勝ち抜き大会に出ることを了承したとルードルフ様から聞いたわたくしは、次の刺繍の時間にローゼマリーにそれを伝えました。

ローゼマリーは目を見開いて驚いた様子を見せました。

「どうしてそんなに驚くの？」

わたくしが尋ねますと、ローゼマリーは言葉を選ぶようにためらいながら答えました。

「その……トゥルク王国に付いて行った騎士たちは、誰も参加しないと聞いていたので」

歯切れの悪さが気になります。

「そんなふうな言い方で聞いたのですか？」

ローゼマリーは首を振りました。

「いいえ……失態を演じた騎士たちは、これ以上恥をかきたくないから参加しないだろうと聞いたのです」

「どなたから？」

「アヒムです」

確かにアヒムはトゥルク王国に付いてきていません。わたくしは小さく息を吐きました。

「アヒムは参加するのですね」

「はい。必ず勝つからと、ヘラヘラ笑って言われました」

「クリストフからは何も言われていませんか？」

「いえ、あの」

ローゼマリーは気まずそうに言いました。

「今は私が避けていますので……」

わたくしは頷きました。

「では、せめて当日は、しっかりと見届けてあげましょう」

「……分かりました」

「ところでローゼマリー」

わたくしは明るい声で言いました。

「今度はわたくしの相談に乗っていただけますか？」

「エルヴィラ様の？　もちろんです！　何かお困りのことでも？」

わたくしは1枚のハンカチを広げました。

「これをルードルフ様に渡したいのですが……」

ローゼマリーはまたもや目を見開き、しかし、すぐに笑顔になって言いました。

「はい、エルヴィラ様！　承知しました」

わたくしはその笑顔を頼もしく見つめました。

◇◆◇◆◇◆

バザーは大盛り上がりでした。

人が集まるところには商機があります。屋台が並び、大道芸人が芸を披露し、それを聞き付けた貴族や庶民が大勢広場に集まりました。ちょっとしたお祭りです。

「見て、エルヴィラさん、あんなに賑やかで、楽しそうだわ」

広場を見下ろすように作られた塔の貴賓席で、クラウディア様がわたくしにそう話しかけます。

「ええ、お義母様。とっても楽しそうですね」

次期大神官と言われる神官3人が、この日のために設《しつら》えた説教台で話をするのですから、それだけでも大賑わいです。

午前はコンラート様、午後はウラジミル様、夕暮れ前にエリック様という順番になっていました。

近衛騎士たちの勝ち抜き大会は、ウラジミル様のお説教が終わって、エリック様のお説教が始まるまでの間に行われます。どちらも人気の催しだったため、時間が重ならないように考慮されました。

「本当ならあっちで、みんなと混ざって見学したいのに、陛下もルードルフも危ないからダメだって」

クラウディア様は不満げに仰います。

「当たり前ですよ」

呆れたようにルードルフ様が言い、皇帝陛下も笑って頷きます。報告によれば、コンラート様もウラジミル様も無事にお説教を終えました。バザーの売れ行きも好調で、まずは成功したと言えるでしょう。

クラウディア様は諦めたように肩をすくめました。

「まあ、ここからでも勝ち抜き大会は観られるからいいとしましょう。エルヴィラさんは誰が勝つと思う？」

わたくしは、微笑んで答えました。

「それはもちろん――」

◇◆◇◆◇◆

「勝者、クリストフ・バーデン！　これで４人抜き！」

うおーっ、と歓声が上がった。クリストフは荒い息を整えながら、それを聞いた。

「あと１人だ！」

剣術を見世物のように披露するなんてと反対の声も上がったが、蓋を開けてみると、勝ち抜き大会は一番の盛り上がりを見せた。

トゥルク王国に付いて行った騎士で参加したのはクリストフだけだった。他の者は、たとえ勝っても、過去の失態を揶揄されるだけだと消極的だったからだ。クリストフももちろんそう思っていた。エルヴィラに言われたときに断ったのはそういう理由だ。

だがルードルフと話をして気が変わった。この大会に出ることで、もしかして伝えられるかもしれないと思ったのだ。

自分の気持ちではない。

そうではなく、もう一度、自分はあなたの大切な人を守る気概があることを見せることができるのではないか。そのことで、彼女を安心させられるのではないか。そう思ったのだ。

もちろん、負けたらかっこ悪い。負けなくてもかっこ悪い。向こうはそんなこと期待していないだろうから。

フラれる覚悟でとルードルフが言っていたのは、きっとそういうことだ。

それでも、分かってほしいと思う気持ちが止められない。だからクリストフは剣を振るうことを選んだ。衆人環視の前で。だがそれも次の相手で終わりだ。

司会が叫ぶ。

「次は、アヒム・バウムガルテンとクリストフ・バーデン！」

会場が沸いた。大会の主審は、騎士団長のハルツェン・バーレだ。使うのは、先を鈍らせた剣と盾。先に1本先取した方が勝ち、という単純なルールだが、実力が拮抗していると時間がかかる。しかしクリストフは、ここまで短時間で勝負を決めてきた。

「礼！」

クリストフとアヒムは互いに礼をし、剣を構える。

「負けねえよ」

騎士団長に聞こえないくらいの声でアヒムが言った。クリストフは何も答えなかった。

「始め！」

ザッと足元の土が鳴り、お互いに間合いを取った。

アヒムの長所は柔軟な戦い方で、得意の突きはバリエーションが豊かだ。

対するクリストフは、一見融通が利かない防御を得意とした。

守りながら斬る。それだけだ。

「行けー！　アヒム！　弱虫の頑固者をやっちまえ！」

戦い方に華があるせいか、どちらかといえばアヒムへの声援の方が大きかった。あるいは、トゥルク王国で失態を演じたクリストフには冷めた声が集まったのかもしれない。

それでも構わないと剣を構えたクリストフは、自分が緊張しながらもリラックスしているというベストな状態であることを感じていた。

わざわざ宣言するまでもない。

――勝つ。

アヒムの細かい突きを俊敏に避けるクリストフに、観客が野次を飛ばす。

「行け行け！　アヒム！」

ルードルフに命じられアヒムとハンスを調べたクリストフは、彼らがそれぞれシーラッハ伯爵と繋がっていることを知った。馬丁のハンスは、そもそもシーラッハ伯爵が娘デボラを皇太子妃にするために送り込まれた駒だった。思惑が叶わず、エルヴィラが皇太子妃になったあともそのまま留まっていた。

いかがわしい賭博場にかなりの借金があったアヒムは、最近になってそれを清算したらしい。金の出所は分からない。だが、何度かシーラッハ伯爵家の者といるのを目撃されている。

「負けないいんじゃないのか」

なかなか攻撃が届かないことに苛立つアヒムを見ながら、クリストフは相手の間合いに入っていった。

「くっ……」

アヒムが顔を歪める。

「へばるには早いぞ」

「……るせー！」

ガッとアヒムの剣がクリストフを突きかけて、クリストフが盾で防御した。アヒムは得意そうな顔をしたが、クリストフは冷静だった。

「それだけか」

「え」

アヒムとは何度か手合わせしている。その技のバリエーションの多さは確かに素晴らしいが、それゆえ欠点があった。選択肢の多さが迷いに繋がるのだ。

ガツッ！

クリストフは盾を翻してアヒムの剣を弾いた。すぐに体勢を立て直したのはさすがだったが、自信のある突きを難なく防がれて揺らぎが出た。これがダメなら、次はどれにしよう、という表情をアヒムは浮かべた。

――そこを斬り込む。

クリストフは、大股に一歩踏み込んだ。

「くっ！」

直前まで余計なことを考えていたアヒムは、体がぐらついた。

ガキッ、と金属と金属がぶつかる音がした。かろうじて剣でクリストフの攻撃を受けたアヒムだが、額にじっとりと汗をかいている。クリストフはそこを容赦なく突いた。

ガツッ！

アヒムの剣をクリストフが飛ばした。

「うわあ！」

丸腰になったアヒムに、クリストフの剣がスレスレまで近付き、そして止まった。

「そこまで！」

騎士団長が制止した。

「勝者、クリストフ・バーデン！」

あまりの素早い勝負に、観客は一度静まり、それから、

「すげー！」

「クリストフ！　万歳！」

わあっと沸いた。

「礼！」

終わるときには、礼だけでなく握手をする習わしだ。不貞腐れた顔をしたアヒムは渋々手を出したが、クリストフはそれをぐっと掴んだ。

「痛っ！」

小さな悲鳴をあげたアヒムに、低い声で囁いた。

「今度ローゼマリーに余計なことをしてみろ……潰すぞ」

どこを、とは言わなかったが、クリストフの殺気は十分通じたようだ。アヒムは、ヒッ、と情けない声を出す。

すべて見ていたはずの騎士団長は、何も言わなかった。

「素晴らしかったわね！　エルヴィラさん！」

「ええ！　お義母様！」

貴賓室では、クラウディアとエルヴィラが手を合わせてはしゃいでいた。ルードルフも満足そうに目を細める。視線の先には、誰かを探して走る今回の優勝者、クリストフがいた。

ルードルフは微笑みを浮かべて友を見守った。と、いつの間にか隣にいたエルヴィラが心配そうに口を開いた。

「大丈夫でしょうか」

ルードルフは軽く答えた。

「フラれたらいいのさ」

「まあ、なんてことを」

優勝したクリストフは、手のひらを返してあれこれ賛辞の言葉をかけてくる群衆をかき分けて、ただ1人の姿を探した。

探しながら考えた。

エリックを大神官にさせたくない「誰か」は、シーラッハ伯爵と協力して、ローゼマリーとエリックが恋仲であるという噂をハンスに流させた。直接的な噂話はハンスが流したが、クリストフとローゼマリーを遠ざける細工はアヒムがした。

アヒムはクリストフの気持ちに気が付いていたのだ。おそらくは、クリストフ自身もまだ無自覚だった気持ちを。なぜなら、アヒムもローゼマリーを見ていたから。

確かめるつもりはないが、クリストフはそんなことを感じた。

「ゴルドベルグ令嬢！」

勝利の興奮に包まれたクリストフは、どうしても今、その人に会いたかった。会って、伝えたいことがある。しかし、人が多すぎて、なかなかその姿を捉えられなかった。クリストフは諦めず、叫びながら歩いた。

「ゴルドベルグ令嬢！」

人混みは途切れない。クリストフはもどかしさを抱えて、ローゼマリーを探した。エリックの説教が始まると、さらに人が増える。その前に見つけたい。そのとき。

――いた！

見間違えようのない後ろ姿を見つけて、駆け出した。クリストフの試合を陰で見守っていたのだろう。役目に戻らねばと、向こうも急いで広場を出ていこうとしている様子だ。クリストフは焦った。

引き留めなくては。

また失う前に。

「ロ……」

クリストフは初めてその名を呼んだ。

「ローゼマリー!!」

かなり離れたところにいたはずのローゼマリーは、目を丸くして振り返った。

◇◆◇◆◇◆

「すまない、引き止めて」

広場から少し離れた木陰でようやくクリストフは、ローゼマリーと2人きりになった。

「すぐ済むので……少し話をしていいだろうか」

「は、はい」

ローゼマリーは落ち着かない様子だった。よく考えたら、話すこと自体久しぶりだった。クリストフが避けていたからだ。そうか、その詫びを先に言わなくてはいけない。クリストフは言葉を探して少し黙った。

ローゼマリーが困ったように先に言った。

「あの、私、ずいぶんと失礼なことを……」

「結婚してほしい」

クリストフは思わず遮った。また取り繕おうとしていた。かっこつけようとしていた。違う、今伝えるのは、かっこ悪い自分の、素直な気持ちだ。

「結婚してほしい」

唖然として何も言えないローゼマリーに、もう一度言った。言い出すと、止まらなくなった。

「ずっと見てきた。真面目に働くところを。一生懸命なところを」

ああ、こんなんじゃ伝わらない。どう言えば分かってもらえるだろう。クリストフはため息混じりに訴える。

「あなたの大切な人を守れなかった私だが、それでも諦めきれないんだ。図々しくも夢を見てしまう」

「夢……？」

クリストフは膝をついて、ローゼマリーの手を取った。

「あなたの隣を歩きたい」

「……」

「あなたと一緒に、生きたい」

ローゼマリーは固まったまま動かない。

「あなたのことが、好きだ。ずっと、好きだった」

そうだ、これだ。伝えたかったのは、これだけだ。

沈黙が、2人を包んだ。

時間にすれば、おそらくほんの数秒のことだったが、クリストフにとってはとてつもなく長い時間だった。ローゼマリーが小さな声で呟いた。

「……初めて名前で呼んでくださいましたね」

あ、とクリストフは思った。ずっとそう呼んでくれと言われていたのに、頑なにできなかったのだ。意識しすぎて。

「その方が、遠くまで聞こえるかと」

今さらながら照れくさくなって、言い訳がましく言った。ローゼマリーは、ふふっと笑う。

それだけで、クリストフは幸福を感じた。

「近くにいても、そう呼んでください」

「え」

「隣を歩いてくれるんでしょう？」

ローゼマリーの瞳にはクリストフへの好意が溢れていて、クリストフはゆっくりと立ち上がりながら繰り返す。

「……ローゼマリー？」

「はい」

はにかんで答えるローゼマリーは可愛らしくて、愛しくて、どうしていいか分からなくなったクリストフは、ローゼマリーを突然抱きしめた。

「きゃ」

ローゼマリーは短く叫んだが、それすら夢に思えて、クリストフは耳元で囁いた。

「いいんですか？　隣を歩いても……名前を呼んでも」

クリストフの胸元で、ローゼマリーがまた笑った。

「当たり前です」

「……よかった！」

勢い余って、強く抱きしめすぎ、慌てて力を緩めた。

「すまないっ」

それでもまだ腕の中から逃すことはできず、ローゼマリーはクリストフに囲われたまま言った。

「私も、ずっと言いたかったことがあるんです」

なんでしょうか、と聞く前に、ローゼマリーはクリストフの胸に額を付けて言った。

「無事に……帝国に戻ってきてくれて、ありがとうございます」

「だが」

ローゼマリーは小さく首を振った。

「クリストフ様が守ってくださったおかげです」

クリストフは胸がいっぱいになって、ローゼマリーを再び強く抱きしめた。

◇◆◇◆◇◆

一組の幸せな恋人を生み出した勝ち抜き大会は、こうして幕を閉じた。

エリックの説教のとき、神官なのに恋人がいると野次を飛ばした男がいたが、すぐに捕まえられた。それにも動じず堂々と最後まで説教を続けたエリックを、民衆はさすがだと見直した。

後日、エリックの恋人だと一部で噂されていたローゼマリー・ゴルトベルグが、クリストフ・バーデンと正式に婚約したことが発表された。やはり噂は嘘だったのかと、人々は納得した。ローゼマリーの母親の命日の祭祀も、つつがなくひっそりと執り行われた。

◇◆◇◆◇◆

「ウラジミルが自分の管轄教区内の神殿の寄付や献金を、シーラッハ伯爵に流用していた証拠が見つかったよ」

いつも通りカミツレのお茶を飲みながら、ルードルフ様がわたくしにそう仰いました。ローゼマリーとクリストフ様の婚約が発表されてからしばらく経った夜のことです。

「ウラジミルは、よっぽど大神官になりたかったらしい。お金を作ってまで、シーラッハ伯爵に協力を要請していたんだ」

「コンラート様との一騎討ちならなんとか勝てると思ったのでしょうか」

「だろうな……相手を下ろして自分を上げても仕方がないのに」

その通りだったので、わたくしは頷きます。ルードルフ様がわたくしをねぎらうように言いました。

「また慌ただしくなるな」

「大丈夫ですわ」

これで神殿の風通しがよくなると思えば、むしろやりがいがあります。ただ、しばらくはこのようにお茶を飲む時間が少なくなることだけが、寂しく思えました。茶器を置いたわたくしは、ルードルフ様に思い切って言いました。

「あの、ルードルフ様」

「なんだい？」

「これ、一生懸命作ったのですが、もらってくださいますか？」

ルードルフ様はきょとんとした顔で、わたくしが手渡したハンカチを受け取りました。

「刺繍が入れてありますの。広げてみてください」

「エルヴィラが作ってくれたの？　嬉しいな」

弾んだ声を上げたルードルフ様が、ハンカチを広げます。わたくしはすかさず説明しました。

「それでも、ローゼマリーに教えてもらって、だいぶ上手になったのですが」

ルードルフ様が何か言う前に、わたくしは矢継ぎ早に申し上げます。

「わたくし、小さい頃から祈りに出てばかりで、どちらかというと刺繍より、移動手段にもできる乗馬の方が得意でした。なので、お恥ずかしいことに練習してやっとそのレベルなのです」

昔からどんなに頑張っても、刺繍だけはうまくできませんでした。

「ありがとう。本当に嬉しい」

ルードルフ様はしみじみとハンカチを見つめてそう仰います。わたくしは申し訳なさを感じました。

「あの、ご無理なさらないでくださいね」

自分で言うのもなんですが、わたくしの刺繍は線がまっすぐでない上に、面がでこぼこしているので、何を刺しているのかよく分かりません。クラッセン伯爵夫人やローゼマリーに刺してもらうこともできたのですが、わたくしは自分の作った刺繍をルードルフ様にお渡ししたかったのです。

一緒に過ごす時間が少なくなるその前に、わたくしの刺したハンカチを持っていてもらいたかったから。つまり、これはわたくしの自己満足の産物なのです。

わたくしは今さらながら恥ずかしくなり、小声で言いました。

「使わなくても構いませんので……」

「どうして？　明日から使うよ」

「でも……」

ルードルフ様はハンカチを大事そうに見つめました。

「ハンカチをくれたから嬉しいわけじゃないんだ。もちろん、ハンカチをもらったことは嬉しいんだけど……」

「どういうことですか？」

ルードルフ様はその質問には答えませんでした。代わりに、わたくしの指先をそっと握って、ご自分の口元に持っていき、口付けしました。

突然のことに固まるわたくしに、嬉しそうにもう一度仰いました。

「ありがとう。本当に嬉しい」

わたくしは、何も言えませんでした。本心から喜んでくださるルードルフ様がとても愛しくて、とても幸せで。なのに胸がいっぱいで、それを伝えることができません。

茶器から立ち上る湯気が、静かにゆっくりと、わたくしたちを包んでいきます。

明日からは、また忙しい日々になりそうです。

外伝1　リシャルドの弱点

　それは、シモン・リュリュに天罰が下ってまだ間もない頃の出来事だった。

　アレキサンデル王とナタリア王妃が幽閉され、パトリック新王の即位が急遽行われ、トゥルク王国がゾマー帝国の領邦となったことを人々が戸惑いながらも受け入れつつある、初夏のある日のことだった。

　港湾ギルドの事務室の鏡の前で、ギルド長のユゼフは珍しく、ボタンの付いた上着に袖を通して呟いた。

「こんなもんか」

　普段の動きやすいチュニックじゃない上に、髪も髭も整えている自分は、鏡の向こうでいかにも窮屈そうだ。仕方ないだろ、と自分に言い聞かせるようにユゼフは肩をすくめる。

　おっと、そうだ。

　首元に手をやり、傷が見えないか確認したユゼフは、高い襟《えり》はこういうとき便利だと頷いた。

「失礼します！」

タイミングよく入って来た部下は、緊張した面持ちでユゼフに告げた。

「馬車が着きました」

「すぐ行く」

頷いたユゼフは、部下に続いて事務室を出る。

――こんな格好で、今さらはじめましての挨拶をするとはな。

ともすれば笑いそうになる唇を必死で結んで真顔を作る。

これも、窮屈だが仕方ないことだ。そう思いながら。

◇◆◇◆◇◆

広場に向かうと、港湾ギルドのメンバーたちが整列して待っていた。そこに、いかにも貴族の護衛といった騎士たちが集まってくる。

「まもなくご到着です」

先触れの言葉で、先頭に並んだユゼフが頭を下げ、他の者もそれに倣《なら》った。

地面を見ていたユゼフは、足元に伸びた影でその人物が近くに来たことを察した。

「ああ、楽にしてくれ」

その言葉で、一同が顔を上げる。目の前には、ユゼフの何倍もの手間と金がかかった礼服を着たリシャルドが立っていた。

「リシャルド・ヴィト・ルストロだ。忙しいところをすまないね」

いいえ、とユゼフは再び頭を下げる。ここで吹き出さなかった自分を褒めたい。

「このような場所に足を運んでいただき恐縮です。私、港湾ギルドの長をしていますユゼフと申します」

「そうかしこまらないでくれ」

「はっ」

そう言われてもかしこまるだろ、と思いながらも、ユゼフはすぐに頭を上げた。満足そうに頷くリシャルドは、どこから見ても立派な貴族で、その化けっぷりに感心する。

「早速だが、見せてもらおう」

「こちらです」

リシャルド・ヴィト・ルストロが、キエヌ公国での留学を終えてトゥルク王国に帰ってきたのはつい最近のことだ。父であるルストロ公爵が宰相になり、リシャルドはその補佐として国政に関わるために戻ってきたのだ。

あまりにも短期間での王の交代、そして王妃だった聖女ナタリアが偽者だったという事実に、国民は少なからず動揺していた。が、新宰相を中心に新しい国政が動き出したので、なんとか日常を取り戻していた。

それには、リシャルドの存在も大きかった。不安を期待に変えるために、人々はリシャルドをヒーロー扱いし始めたのだ。父は宰相、母はキエヌ公国の元公女、妹はゾマー帝国の皇太子妃で聖女。自身の婚約者は、美女の誉れ高い、母親の遠縁であるキエヌ公国のオルガ・モンデルラン伯爵令嬢。

向かうところ敵なしの後ろ楯に加え、リシャルドはこの見目麗《みめうるわ》しい外見で、減税や地域復興など、庶民に寄り添った政策を次から次へと提案した。人々が熱狂する素地は十分だ。

今日の視察も、復興に伴いクレーンを増設して港の稼働率を増やすのはどうかという話からきたものだった。

ユゼフがこんな窮屈な格好をしているのも、似顔絵が売られるほど人気のあるリシャルドが来るのだから、それなりの格好をすべきだとの声が上がったからだ。前王が視察に来たときは普段着のままだったにもかかわらず。

――港に利があるなら、なんでもいいさ。上着くらい何枚でも着てやる。

ユゼフ自身に欲はない。ほどほどの日銭を毎日稼げたら満足だ。

だが、壊れた船を元に戻せない船主はまだまだたくさんいる。窮状を見てもらって、たっぷり予算を割り振ってもらわなくてはならない。

ユゼフは、真面目な顔でリシャルドに話しかけた。

「新しいクレーンは、あちらに設置するのがよろしいかと」

「なるほど。近くで見ても？」

「もちろんです」


リシャルドが港を見学しているからといって、港が止まっているわけではない。復興に加えて通常の作業をするために、人々は忙しく働き続けていた。

「あれは？」

ユーレという新人の作業員が、遠目からユゼフとリシャルドを見て、呟く。

隣にいた男がなんでもないように答えた。

「ああ、偉い貴族様が視察に来るとか言ってたな。まあ、こっちはいつも通り荷下ろししてくれって言われてるから、気にすんな」

「貴族……なんて名前の？」

さあ、と首を捻った男に代わって、他の者が言った。

「あれだよ、あれ。最近女房たちが騒いでるリシャルド様だよ」

ユーレは、少し考えてから言う。

「リシャルド……もしかして、リシャルド・ルストロか？」

「ああ、そんなんだったな。ユーレ、お前、知ってるのか？」

ユーレは、ハッとした表情で首を振った。

「名前だけ、聞いたことがある」

「今、人気らしいからな」

話しながら遠ざかるユゼフとリシャルドの背中を、ユーレはじっと見つめた。

◇◆◇◆◇◆

「って、なんだよ！」

「いいから来い」

その夜。いつものように作業を終えて帰ろうとしたユーレは、ユゼフに引き留められ、とある料理屋に連れてこられた。いつも行く騒がしいバルと違い、個室に上等な料理が何皿も運ばれてくるような店だ。

「俺、着替えなんかないぞ」

一日の作業を終えたユーレは、かなりくたびれた格好だ。

「大丈夫だ。そのままでいいと言われている」

「言われている？　誰に？」

「来れば分かる。ああ、予約の者だ」

店員と短い会話をしたユゼフは、ユーレを無理やり個室に押し込んだ。

「んだよ！」

声を荒げたユーレだが、部屋の中に先客がいることに気付いて、ハッとした表情になった。

「おう、待ったか？　悪い」

驚いたことにユゼフは、その人物に向かってくだけた口調で話しかけ、親指でユーレを指して笑うのだ。

「こいつがぐずってな」

目を見張るユーレに先客――リシャルドも気楽な様子で答えた。

「いいさ。私も今来たところだ」

「食事は？」

「合図をしてから運ばせるように言ってある」

「なるほど」

やりとりを見ていたユーレは、眉間に皺を寄せた。

それを見たリシャルドが、笑いを堪えたように言う。

「嫌そうだな。私がいたらいけないか？」

それには答えず、ユーレはあたりを見回した。

「護衛は？」

見たところ、部屋にはユーレとユゼフ、リシャルドの３人だけだ。

「まさか、護衛も付けずにこんなとこに？」

それをどう捉えたのか、ユゼフは朗《ほが》らかに言った。

「礼儀とかは気にするな。ここは完全に３人だけだからな。思ったことを言っていい」

「いや、礼儀とかじゃなく……公爵家のお偉いさんが護衛も付けずにいるなんてあり得ないだろ」

困惑するユーレに、リシャルドが説明する。

「護衛なら邪魔かと思って、置いてきたよ。ゆっくり君と話したくてね」

リシャルドは楽しそうに付け足した。

「そう――こんなふうに」

ユーレの体は、リシャルドの言葉が終わる前に動いていた。

ガシャ！

不意を突いてリシャルドが振り下ろした剣を、ユーレはナイフで受け止めた。

念のために持っていてよかった。

ナイフを目の高さに掲げながら、ユーレは背中でユゼフを守った。

「いいね」

しくじったはずなのに、リシャルドは嬉しそうに言い、剣を構え直した。

──何考えてんだ？

ユーレはじりじりと間合いを計る。意図は分からないが、ユゼフだけでも逃がさないと。

こいつは強い。ただのお貴族様ではない。

「なるほどね……」

何かを納得した様子のリシャルドは、ユーレから目を離さず言った。

「合格だ！」

「は？」

リシャルドは、唐突に剣を下ろした。

「この通り。もう斬らないから話を聞いてくれ」

信じられるか、とそのままの体勢を続けるユーレにリシャルドは頷いた。

「油断しないところもいい。君の言った通りだ、ユゼフ」

「当たり前だ」

ユゼフはユーレの背後で呑気《のんき》に暴露した。

「宮廷騎士のユリウス・マエンバーを舐めんじゃねえぞ」

「馬鹿、お前！」

思わず叫んだユーレ——ユリウスの気持ちを読んだかのように、リシャルドは快活に笑った。

「何を今さら。君も分かってたんだろ。昼間、私を見たときから」

チッと舌を鳴らしたユリウスは、諦めてナイフを下ろした。やはりあのときから気付かれていたのか。

「……情報屋のレオンがなんで港にいるのかと思っただけだ」

リシャルドと会うのは、これが初めてではなかった。以前、バルで顔を合わせていたのだ。

ただし、そのときのリシャルドは公爵家の跡取りではなく、胡散臭い情報屋の「レオン」だった。それが今日、貴族として港を視察していたのだから、驚きもするし警戒もする。

なのに。目の前のリシャルドはあっけらかんとユゼフに笑いかけるのだ。

「ユゼフの言う通りだな。あんな短い時間なのに、よく私の顔を覚えていたね」

「当たり前だ」

なぜかユゼフが自慢げに言った。

「こいつの物覚えのよさは別格だぜ。一度会っただけの俺のこともちゃんと覚えて、追いかけてきたからな」

変装して城に忍び込んだユゼフを、港のギルド長だと見破ったことが、ユリウスとユゼフの出会いだった。

そのことも簡単に話すんだな。

なぜか裏切られた気分で、ユリウスは椅子に座った。

「それで、こんな茶番までして、俺を連れ戻しに来たのか？」

前王アレキサンドルと近しい立場だったユリウスは、一連の政変に関して、自分は何もできなかったという自責の念に駆られていた。

アレキサンドルなどいなかったかのように動き出す新しい宮廷にも馴染《なじ》めず、父親と口論になって、突発的に家を出た。あてもなく町を歩いていたらユゼフと偶然再会し、身分を隠して港で働くようになったのだ。

父親が自分を探していることは予想がついていた。さっきの立ち会いの意図は分からないが、自分の正体を知っているなら、連れ戻すために来たのだろう。

そして、リシャルドに自分がここにいることを話したのはユゼフだ。ユゼフしかいない。

そのことに、ユリウスは勝手に傷付いていた。追い出すなら、ユゼフの口から言ってほしかった。こんなふうに騙し討ちみたいなことはされたくなかった。

だが、それは自分の勝手な言い分だ。ユゼフが親切から動いてくれただろうことは予想がつく。せめて、迷惑がかからない形で出ていこう。

短い間にそれだけ考えたユリウスは決意した。

「分かった、戻るよ。ただし、港の人たちは関係ないことにしてくれないか。俺が勝手にやったことだ」

向かいに座ったリシャルドは、笑みを含んだ瞳で言った。

「近いが、少し違う」

「違う？　何がだ」

「まず、さっきのは茶番ではなく勧誘だ」

「勧誘？　俺を？」

「ああ、ユリウス・マエンバー。宮廷騎士ではなく、私付きの騎士として戻ってくれないか。お父上は私が説得しよう」

ユリウスは険しい目で問い返した。それだけのために、こんな場を作るわけはない。他に目的があるはずだ。

「……どういうことだ？」

リシャルドは満足そうに頷いた。

「言葉通りに取らないところも、申し分ない」

ゾクッとするような低い声でリシャルドは言った。

「つまり、君に引き継いでほしいんだ——情報屋レオンを」

「はあ？」

突然の提案にユリウスは、大きな声を出した。リシャルドは笑みを深くした。

「詳しく話そう」

しかしそこで、耐えかねたようにユゼフが口を挟んだ。

「なあ、飯を食いながらでもいいだろ？　いい加減、俺、腹減ったよ」

きゅるるる、とタイミングよくユリウスの腹も鳴り、一旦料理を運んでもらうことにした。

◇◆◇◆◇◆

ゆっくり話をしたいからと、給仕を断ったために、一度に大量の料理がテーブルに並べられた。

「つまり、俺に情報屋と護衛騎士の両方をしろと言うんだな？」

久しぶりに、身に付いた自然なマナーで肉料理を食べながらユリウスは言った。いつもはわざと荒々しく食べるのだ。正体がバレないように。

「そういうことだ」

ワインを傾けながらリシャルドは頷いた。

「これ旨いな」

骨付き肉にかぶりついて、ユゼフは小さく呟いた。

リシャルドは続ける。

「今まで、私がレオンでも怪しまれなかったのは、リシャルドの存在が知られてなかったからだ」

キエヌ公国に留学している前提のリシャルドは、社交界に顔を出すことが少なかった。そのため、レオンとして動くことが可能だった。

だが、それももうできない。あまりにも有名になりすぎたからだ。

「だから、レオンは引退だ。だが、役割を引き継ぐ者は欲しい。それが君だ」

一応、筋は通っている。だが、とユリウスは眉を寄せた。

「別に、俺じゃなくてもよくないか?」

ルストロ公爵家ともなれば、陰で動く間者を何人も抱えているはずだ。彼らに引き継いでもらうことも可能だろう。

「陰で動ける人物なら誰でもいいわけではない」

ワインを揺らしながら、リシャルドは言う。

「表でも裏でも動いてくれる、優秀な人物が欲しいんだ」

ははっ、とユリウスは乾いた笑いを漏らした。

「表向きは公爵令息の護衛騎士、裏では情報屋ってわけか。そんなにうまくいくか？」

「だから君に頼むんだ。言っただろ、優秀な人物が欲しいって。もちろん報酬は弾む」

合格と言っていたのは、ユリウスの実力を測ってのことだろう。認められるのは悪い気分ではなかったが、すぐには頷けなかった。

リシャルドはそれを見抜いたかのように言った。

「まあ、返事は今すぐじゃなくていい」

「ええ!?」

てっきり即決を求められると思ったので、ユリウスは驚いた。

「君も今の生活に馴染んだところだろ？　以前とは違う立場とはいえ、宮廷に戻ることになるわけだし、しばらく考えてから返事をくれたらいい」

軽い口調に、ユリウスの方が慌てた。

「いいのか？　俺がこのことを言いふらして逃げたらどうするんだ？」

リシャルドは屈託なく笑った。

「情報屋レオンが公爵令息のリシャルドだったと？　誰が信じる？」

「それはそうだけど……」

スープにパンを浸しながら、ユゼフが言った。

「ユリウスはお前のことも心配してんだよ。そういう奴だ」

「馬鹿！　違うよ！」

とっさに反論したユリウスは、唇を尖らした。

「俺はただ……そんな簡単に俺を信用していいのかと思っただけだ」

リシャルドは目を細めた。

「ユリウス・マエンバーが、真面目な騎士だったことは聞いている。少々、融通が利かないところもあったそうだが、今の君は、物事がひとつの面だけで成り立っているわけじゃないことを知っているはずだ」

それを聞いたユリウスは、なぜか泣きそうになった。泣くようなことは何も言われてないのに。リシャルドは呟いた。

「レオンは引退したんだ。もう、どこにもいない。だが、新しい問題は次から次に生まれる。

庶民の視点を私に伝えてくれる者が必要なんだ」

もしかして、とユリウスは思った。こんなふうに、自分に声をかけなくてはいけないほど、今の宮廷は外から見るほど順調ではないのではないか、と。

「しかし、これは注文しすぎたな」

唐突に雰囲気を和らげて、リシャルドは自分の胸元に手を入れた。

「食べ切る前に時間切れとは」

懐中時計を取り出して時間を確かめ、頷いた。

「私はこれで失礼するよ。返事はユゼフにしてくれたらいい」

「……断るかもな」

ユリウスの憎まれ口を、リシャルドは気にも止めなかった。

「いい返事を待ってるよ」

そう言って部屋を出ようとした、そのとき。

「おっと」

ちゃんと仕舞われてなかったのか、リシャルドの胸元から懐中時計が転げ落ちた。

「ほれ」

足元に転がってきたそれを、ユゼフが拾った。首を傾げて、リシャルドに手渡した。

「これ、留め金が緩んでるぞ」

落ちた拍子に開いたのだろう、蓋が開いていた。

「修理しろよ」

ユゼフが言うと、リシャルドは今までに見たことのない柔らかい表情で答えた。

「修理に出すと、その間、手元から離れるだろ？」

「まあな」

「それが嫌なんだ」

ユゼフは肩をすくめた。リシャルドは笑って、今度こそ部屋を出た。

「お先に失礼する」

部屋の外で、護衛騎士たちが待ち構えていた。

◇◆◇◆◇◆

庶民の夜は早いので、町はすでにしんとしていた。声をひそめながら、ユゼフは言う。

「いい話じゃないか」

ユリウスが間借りしている宿屋まで歩きながら。

「そうか？」

月明かりが、うっすらとした2人分の影を作っていた。

「だってお前、このままじゃ、ずっと自分を責めた気持ちで生きるだろ？　いい加減、自分を許してやれよ」

それに、とユゼフは付け足した。

「あれほどの男が、こんなに丁寧に人を集めているんだ。今の宮廷は思ったより大変なのかもしれないな。力になってやってもいいんじゃないか？」

ユリウスは立ち止まった。

「いいのか？　本当に」

同じように立ち止まったユゼフに向かって、ユリウスは言う。

「俺が責めなきゃ、誰も俺を責めないんだぞ？　何もできなかったのに。それでもいいのか？おっさんのその傷だって……」

ユゼフは首を手で押さえて言った。

「こんなのなんでもない」

ユリウスは黙り込んだ。それを見たユゼフは、突然上着に手をかけた。

「もうこれ、脱いでいいよな」

上着を脱いだユゼフは、襟付きのシャツだけになって、上着をぶんぶんと振り回した。ユリウスが顔をしかめた。

「なんだよ、危ないな」

気にせず、そのまま踊るように歩きながら、ユゼフは言った。

「なあ、俺にはこんな格好、1日が限界だけど、お前はそうじゃないだろ」

「なんの話だよ」

ユリウスが不貞腐れても、気にせず続ける。

「着たり脱いだりしてもいいんじゃないか？」

上着を振り回すのをやめたユゼフは、ユリウスを見た。

「もういいんだ。やりたいことをしろ。嫌になったら、また港一本に戻ればいい。うちは大歓迎だぞ」

「なんだよそれ」

ユリウスは、悔しそうに口を尖らせた。

「挫折するの前提かよ」

「そうじゃない」

ユゼフは首を振る。

「誰にだって弱点はある。いつでも逃げ込める場所が必要だってことだ」

ユリウスはため息をついて、しゃがみこんだ。

「どうした？」

近寄るユゼフに、小さな声で言う。

「……敵わねえな」

ユゼフを見上げて言った。

「おっさんもあいつも、弱点とかあるのか？」

「そりゃ、あるさ」

「俺からは分かんないよ」

「光栄だね」

上を見て、月を眺めたユゼフは、リシャルドの落とした時計のことを思い出しながら言った。

「今頃、あの男もこの月を見てるかもしれないな」

「なんでだ？」

「弱さと強さは紙一重だってことだ」

呆れたようにユリウスが立ち上がった。

「わけ分かんねえよ」

落ちた拍子に二重底が開いた懐中時計には、1枚の小さな肖像画が隠されていた。美しい貴族の令嬢が微笑んでいる絵だ。

おそらく、婚約者のオルガ・モンデルラン嬢なのだろう。

留学が終わり、しばし離ればなれになった若い恋人たちのことをユゼフは思う。

リシャルドが、修理に出す間、手放すのも惜しいくらい大切なものだと言い切ったのは、婚約者に対する思いの強さの現れではないか。

豪華な貴族の館で、月を見上げながら、完璧なヒーローと名高いリシャルド・ヴィト・ルストロがため息をついているとしても、なんら不思議ではない。誰にだって、弱点はあり、逃げ込む場所は必要なのだから。

「おっさん、何してんだよ？　行くぞ」

いつまでも歩き出さないユゼフを、ユリウスが促した。

「ああ、今行く」

ユゼフは答えた。月明かりに目を細めて、明日も晴れだなと思いながら。

外伝2　ヤツェクの花

『聖なる頂』に一番近い神殿で、宰相だったヤツェクがヤクブと名を改めて働くようになって、2年が過ぎた。このまま平凡に日々を過ごしていけたらと思っていた矢先のことだ。

「結婚？　私が？」

珍しくワドヌイに呼び出されたヤツェクは、いきなりそんな話をされて戸惑った。

「人違いではありませんか？」

思わず確認したが、

「間違いではありません。あなたへの縁談ですよ、ヤクブさん」

ワドヌイではなく、隣に座っていたカシミシュと名乗る男が答えた。どうやらこの男が持ち込んだ縁談らしい。人払いをした応接室は、ヤツェクとワドヌイ、そしてカシミシュの3人だけだ。

挨拶もそこそこにそんなことを言われたヤツェクは、ワドヌイの意向を確かめるべく口を開きかけたが、カシミシュの笑顔がそれを封じた。

「ヤクブさん。もっと素直に喜んでいいんですよ？」

恩着せがましい口調に苛立ったこともあり、ヤツェクはカシミシュに向かってキッパリと告げた。

「いえ、お断りします」

「な……！」

「まあまあ、ヤクブ。お茶でも飲みながら、もう少しだけ話を聞きましょう」

ワドヌイが取りなすように勧めたので、ヤツェクは仕方なく、目の前のカップを手にした。

「花茶《はなちゃ》ですね」

カシミシュではなくワドヌイに言う。

「ええ、珍しくもないものですが」

「いえ、美味しいです」

一口飲むと、甘味と独特な風味が口の中で広がる。山の民が好む花のお茶だ。ここに来た頃は苦手だったが、今は好んで飲んでいた。

「あなたにはもったいないくらいの話ですよ、ヤクブさん」

先にお茶を飲み干したカシミシュは、しつこく食い下がった。

「どんないい話でもお受けできません。下働きとはいえ、私は神殿に仕える身です」

名前も地位も捨てて、ヤツェクはここで実直に働いていた。事情を知らない山の民は、ヤツェクを勤勉な神殿の下働きと思っている。このままここで、祈りを捧げて生きていけたら。ヤツェクが願うのはそれだけだ。

なのに、カシミシュは続ける。

「さすが謙虚でいらっしゃる。でもね、話だけでも聞いてくださいよ。これはあのヘアマン家から持ち込まれた話なのですよ」

「ヘアマン家？」

ヘアマン家といえば、フレグの町で一番の金持ちだ。

そんなところから、なぜ自分に縁談が？

ヤツェクの疑問を読んだかのように、カシミシュは、光った額を近付けた。

「実は、うちのお嬢様がヤクブさんを見初《みそ》めたのです。ヘアマン様はそんなお嬢様の望みを叶えてあげたいと思っているというわけでして。町一番の美しさと言われるエッダ様のことは、ご存知ですよね」

「いや、知らない」

カシミシュは構わずに続ける。

「娘婿となるヤクブさんには、それなりの地位が用意されます。跡継ぎはエッダ様のお兄様なので、ヤクブさんはその補佐といったところでしょうか。持参金もつけるそうです。あなたは身ひとつでこの話に乗ればいいんですよ。もちろんすぐに結婚というわけではありません。そうですね、旦那様は、式は数年後にしたいと言っています」

確かに、悪い話ではないのだろう。だが、ヤツェクの気持ちは変わらなかった。

「私は一生、誰とも結婚するつもりはありません。どうぞお引き取りください」

「急ぐ話ではありません。ゆっくり考えてください」

「いくら考えても気持ちは……」

「そろそろ失礼します。次の用事がありますので」

それでは、と最後までこちらの話を聞かず、カシミシュは応接室を出て行った。見送る気にもならなかったヤツェクは、げんなりとしてワドヌイに言った。

「ワドヌイ様の方からお断りしていただけませんか」

「うむ……しかし、ヤツェク。そうすぐに結論を出さずともよいのでは？」

「ワドヌイ様？」

ヤツェクは呆然とした。ワドヌイまでそんなことを言うなんて。

「私がこの神殿に骨を埋める覚悟であることは、ワドヌイ様もご存じでしょう！」

「もちろんです。ですが、ヤツェク、この町の娘と結婚すれば、あなたにはもう叛意《はんい》はないと中央に知らしめることができますよ」

「叛意だなんて……そんなつもり、元からありません」

ワドヌイは頷いた。

「ヤツェクがこの2年、陰日向なく働いていることは私が一番よく知っています。だからこそ」

ワドヌイは立ち上がって、ヤツェクの肩に手を置いた。

「あなたの才覚を埋もれさせるのはもったいないと、常々思っていました。ヘアマン家に行けば、少なくとも下働き以上のことはできます」

「才覚だなんて、そんなもの」

「カシミシュの言う通り、急ぐ話ではありません。どうですか、考えるだけでも」

ワドヌイにそこまで言われると、ヤツェクは頷かざるをえなかった。

「分かりました。しかし、それでも気持ちが変わらないときはお断りしてくださいますか」

「約束しましょう」

そう言い残して立ち去るワドヌイを、ヤツェクは苦い気持ちで見送った。

◇◆◇◆◇◆

そんなことがあったせいだろうか。

翌日、山小屋の修復を手伝っていたときのことだ。

「わあっ！」

足を滑らせたヤツェクは、担いでいた木材から手を離してしまった。がらんがらん、と派手な音を立てて、木材が転がり落ちる。

「おい！　ヤクブ！」

「ぐっ！」

そのうちの一本が足首に当たり、ヤツェクは思わず悲鳴を上げた。

「大丈夫か！」

仲間がすぐに飛んでくる。

「ああ……すまない」

ヤツェクは顔をしかめて立ち上がろうとした。が、その瞬間。

「つっ……」

さらなる激痛が走った。

「どうした！」

一番年上のパウルが、ヤツェクの足元に屈んで様子を見る。

「当たりどころが悪かったな。もしかして折れてるかもしれん」

「いや、そんな……大丈夫です」

「無理すんな。腫《は》れがひどい。もう帰れ。しばらく休んでいいぞ」

他の者たちも、口々に言う。

「ああ、たまには休め」

「ずっと働き続けだろ。いい機会じゃないか」

「神殿には知らせてやるから、家へ戻れ」

家と呼ぶには小さな神殿の離れに、ヤツェクは住んでいる。寝るときくらいしか立ち寄らない場所だが、そんな事情なので、その日は明るいうちから戻ることになった。


肩を貸して送ってくれたハンクは、数日分の食料まで用意してくれた。

「じゃあな、ヤクブ、パンと果物はここに置いておくから。何かあったら遠慮なく頼れよ」

「何から何まで、すまないな」

「たまには甘えろってことだ」

ヤツェクは寝台に横になったまま、ハンクを見送った。あとは寝るだけだ。

「……参ったな」

そう簡単には眠れない。

とにかく働いて、何もないときは神殿で祈る。そんな日々の繰り返しだったから、こんなふうに天井を見つめるのは久しぶりだった。

――ああ、これだから嫌なんだ。

時間があると、余計なことを考える。

今となってはどうしようもないことが、息苦しいくらい生々しくよみがえる。

若すぎる宰相として宮廷に仕えた日々。

後悔だらけの日々。

もう少し早く行動していれば。

もう少し、勇気を出していれば。もう少し、声を大きくしていれば。もう少し、あとちょっと。せめて、あのとき、あのとき、あのとき、あのとき。

「……クブ……ヤクブ？」

自分を呼ぶ声に目を覚ましたヤツェクは、いつの間にか、うとうとしていたことに気付いた。

外の明るさに、そんなに時間は経っていないことが分かる。

「大丈夫？」

心配した誰かが来てくれたのだろう。

「あ、はい、痛っ」

返事と同時に起き上がろうとしたヤツェクは、痛みに顔をしかめた。

「痛いの？」

知らない声だった。

「何か飲む？」

顔を上げると、長い髪をおさげに編んだ少女がそこにいた。

「……君は？」

「いやだわ、エッダよ」

「エッダ？」

「エッダ・ヘアマンよ。カシミシュから聞いてるでしょ？」

おしゃまに笑うエッダは、ヤツェクの予想より幼かった。12歳か、13歳。それくらいに見える。

——もしかして、急ぐ話ではないってそういうことか？　まだ子供じゃないか。

動揺するヤツェクをよそに、エッダは澄ました顔で寝台の横の椅子に座っている。

「えーと、エッダさんは……なぜここに？」

「怪我をしたって聞いたから、お見舞いに来てあげたのよ」

「聞いた？　誰から？」

ふふふ、とエッダは笑った。笑うとさらに幼くなる。

「パウルが大きな声で話しているのを、うちのカシミシュが聞いていたの。それで心配になって来てあげたのよ」

カシミシュに聞いたのに、1人でここにいる。ヤツェクは嫌な予感がした。

「家の人はここにいること、ちゃんと知ってる？」

案の定、エッダは目を逸らして、黙り込んだ。

「……子供が1人で出かけたら、心配するだろう」

そう言うと、ムキになって言い返した。

「子供じゃないわ！　もう14よ」

思った以上に年嵩ではあったが、ヤツェクから見て子供であることに違いはない。不貞腐れた横顔は確かにこのあたりでは珍しい、洗練された雰囲気を持っていた。ヘアマン家の娘ということもあり、誰もがちやほやしてくれていることが窺える。

だけどそれくらいで、ヤツェクの心は動かない。

「大した怪我じゃないんだ。気持ちは嬉しいけど、もうお帰り」

「いやよ！」

「この足では送ってあげられない。明るいうちに帰った方がいい」

「だったら、今日はここに泊まるわ」

なんでそうなる？　ヤツェクは頭を抱えそうになった。

ふと、部屋の様子がいつもと違う気がして、あたりを見回した。

「あ、それ？」

エッダが嬉しそうに立ち上がった。食卓の上に、赤い花を挿したコップが置かれていたのだ。

違和感の正体はそれだった。

「山で摘んできたの。好きでしょ？　この花」

このあたりの山に自生している、ふわふわした花弁が愛らしい花だ。ヤツェクは魅入られたように花を見つめた。

「どうしたの？」

黙り込むヤツェクにエッダが問いかけたが、

「エッダ様！　こんなところに！」

答える前に、血相を抱えたカシミシュが飛び込んできた。

ひとしきり、いやだ、帰らないというエッダのわがままを聞かされたが、ばあやらしい使用人が現れることで、ようやく収まった。

「お騒がせしました。それでは失礼します」

すべてを寝台で眺めていただけのヤツェクだったが、去り際のカシミシュに、これだけは、と念を押した。

「断っておきますが、私が呼んだわけではありませんよ、この足です」

意外にもカシミシュはすんなり同意した。

「分かっています。私が不用意なことを言ったせいで……あれから姿が見えないから探していたのですよ。まさか本当にお1人で来るとは」

普段からエッダに困らされているのだろう。ヤツェクは少し可笑しくなった。だが、

「そうそう、ヘアマン様から、怪我が治り次第、お屋敷に来てくださいとの伝言を預かっています。ちゃんと伝えましたからね。改めて迎えの者を寄越します」

カシミシュにそう言われ、慌てた。

「え？　ちょっと待ってください」

娘がこれなら、親はもっと強引だろう。できれば関わりたくない。とっさに断ろうとしたヤツェクだったが、その前に扉は閉められた。

——仕方ない。足がなかなか治らないとでも言って、断り続けよう。

そう思ってもう一度寝ようとしたヤツェクだが、エッダの置いていった花を見つめてしまった。もう目が離せない。

何かを思い出す、その赤い花弁に吸い込まれるように魅せられて、それから。

「……余計なことを」

毛布を頭からかぶって、ヤツェクは呟いた。そこからは、朝までその花を見ないようにして、寝た。

足の痛みのせいもあり、その夜はいつも以上に眠れなかった。

◇◆◇◆◇◆

「どうぞ、ヤクブさん。遠慮せず召し上がってください」

勉強熱心で、新しいものを取り入れるのが好きだと噂のバナード・ヘアマンは、知的な眼差《まなざ》しの紳士だった。

「恐れ入ります、ヘアマンさん」

結局ヤツェクは断れなかった。

骨折していなかったのは幸いだが、そのおかげで、腫れが引くとすぐヘアマン家に招待されることになった。エッダの兄は留守だったので、バナードとエッダ、そしてヤツェクの３人で食事をする。

「お味はいかがですか」

「とても美味しいです」

広々とした食堂に通されて、ヤツェクは愛想笑いを浮かべる。

給仕されての食事は久しぶりだった。使用人がこんなにいるのは、この町ではここくらいだろう。

「バナードと呼んでください」

「では……バナードさん」

「おかわりもありますよ」

「いえ、大丈夫です」

ぎこちない会話が続く。

——食べたらすぐ帰ろう。

そう思って、ヤツェクは当たり障りのない話を懸命に紡《つむ》いだ。エッダも父親の前では大人しく、主にバナードばかり話していた。なのに。

「ヤクブさん、こちらにいらっしゃいませんか」

食事後、バナードはヤツェクをバルコニーに呼んだ。

「今日は満月ですから、ここで月を見ながらお茶でもどうですか」

酒は飲まないと食事の際に告げていたので、気を遣って茶にしたのだろう。エッダが、甘えたように父親に言う。

「お父様、私も」

「ダメだ。お前はもう部屋に戻っていなさい」

意外にもバナードは、エッダを追い払った。

「大人の話があるんです」

そこまで言われると断れない。ヤツェクはバナードと月を眺めてお茶会をすることになった。

男２人、並んで椅子に座る。

なんなんだ、これ。

笑いを堪えるのに必死だったが、なるほど、確かに月は美しかった。

「いい月ですね」

「本当に」

「どうぞ気楽にしてください」

ヤツェクは苦笑した。神殿の下働きが大地主に緊張しないはずはない。普通なら。だからヤツェクは、緊張している振りをした。

そんなヤツェクをどう思ったのか、

「エッダの母親は、早くに亡くなりまして」

ヘアマンは唐突に語り出した。これは長くなるな、とヤツェクは表情には出さずに覚悟した。

「今でも妻と過ごした短い時間を思い出します。幸せでした」

「そうでしたか……」

「エッダは、妻によく似ていることもあり、かなり甘やかしてしまいました。恥ずかしながら、わがまま放題で。使用人のこともずいぶん困らせているようです」

「ほう」

だろうな、と思いながら相槌《あいづち》を打った。

「だけど、あなたに出会ってから、自主的に勉強し、家の手伝いをし、家畜の世話をするようになったんですよ」

「ふむ？」

なんだか雲行きが怪しくなってきた。

「ですから、私としては、あれの願いを聞いてやりたいと思っています。２人の気持ちがそこまで固まっているなら仕方ない。あと数年は家に置いて花嫁修行をさせるつもりなので、そのあとになりますが」

２人の気持ち？　話が思わぬ方向に飛び火し、ヤツェクは思わず止めた。

「待ってください。なんの話ですか?」

「なんのって……あなたとエッダの結婚の話ですよ?」

「は?」

「神殿の下働きということで、最初はどうかと思いましたが、お会いして、エッダが気に入るのも分かりました。私としては認めるつもりです」

「私は誰とも結婚するつもりはありません!」

「え?」

「カシミシュさんからいただいたお話のことでしたら、改めてお断りするつもりでした」

「カシミシュ? 何のことですか? あなたがエッダと結婚したいと言うから、それで呼んだのですよ?」

話が噛み合っていない。ヤツェクは息を整えて、静かに、ゆっくりと繰り返した。

「神殿に仕える身として、私は誰とも結婚するつもりはありません。一生」

「おかしいな」

ヤツェクはため息をついて言った。

「カシミシュさんをここに呼んでください」

「申し訳ございません！」

問い詰められたカシミシュは、平謝りに謝った。

「エッダ様がどうしてもヤクブさんと結婚したいと言い張るので、私としてもお願いを聞いてあげたくなった次第です」

つまりは、すべてエッダの計画だった。

カシミシュに神殿に向かわせ、バナードが結婚を認めていることを、ワドヌイとヤツェクに告げる。その一方で父親に、ヤツェクがどうしても結婚したいと言っているからと食事に付き合わせ、なし崩しに認めさせる。

「カシミシュさんが神殿で言った、娘婿にはそれなりの地位が用意されるとか、持参金とかは嘘だったたんですね？」

「はい……エッダ様が、バナード様はそれくらいするだろうから、と」

バナードは頷いた。

「そうですね。実際、あなたにそれくらいのものは与えるつもりでした」

「皆さん、エッダさんに甘すぎますよ……」

ヤツェクは呆れた。カシミシュとバナードはもう一度頭を下げる。

「申し訳ございません！」

「本当に申し訳ない、ヤクブさん、今すぐエッダにも謝らせます」

「いえ、それは待ってください」

エッダを呼ぼうとしたバナードを、ヤツェクは止めた。

「エッダさんからの謝罪は結構です」

「どうして」

「子供のしたことですから。むしろ、そんな子供に巻き込まれた大人たちの方が、しっかり反省してください」

カシミシュとバナードはバツが悪そうに俯いた。

「それではこれで失礼します。ご馳走さまでした」

やれやれ、やっと帰れる。

ヤツェクはほっとして帰り支度を始めた。だが、バナードはそれを引き留めた。

「お待ちください、ヤクブさん」

「なんでしょうか?」

「きっかけはこんなことでしたが、真剣に娘婿になってくれませんか」

「は?」

「私は本気であなたが気に入りました。下働きにしておくのはもったいない」

ふと、才覚を生かしたらどうだと言ったワドヌイを思い出した。エッダが立てたのは穴だらけの計画だったが、もしもヤツェクが今の状況から抜け出したいと思っていたなら飛びついていただろう。

だが、ヤツェクの答えは同じだ。

「私は、神殿で骨を埋める覚悟です。何があってもそれは変わりません」

「……分かりました」

バナードはそれ以上何も言わなかった。

◇◆◇◆◇◆

「なんと、そんなことだったとは」

一部始終を報告すると、さすがのワドヌイも驚いた顔を見せた。

「そういうわけなので、私をまだここに置いてくださいね」

ヤツェクはやれやれと花茶を飲んだ。

「もちろんです。ですが、エッダさんの謝罪を受け入れなかったのはどうしてですか？」

「簡単に終わらせたくなかったからです」

どうも周りの大人はエッダに甘すぎる。ヤツェクが心配したのはそこだった。

「もし私がヘアマン家の乗っ取りを企む悪い男なら、大変なことになっていたのですよ。少しは自分のしたことの重大さを分かってもらいたかったのです……あの調子では、まだまだ周りはエッダさんを甘やかしそうですし」

私が偉そうに言うことではありませんが、と付け足すと、ワドヌイは穏やかに微笑んだ。

「エッダさんにその気持ちが伝わるといいですね」

どうでしょう、とヤツェクはカップを空にした。


見覚えのあるお下げ髪が、ヤツェクの小屋の前で待っていたのは、それから数日後のことだった。

「また1人で来たの？」

半ば予想していたので、驚きはしなかった。エッダは、ほっとしたように口を開いた。

「ううん、1人じゃないわ。カシミシュが向こうで待ってくれているの」

「それで、どうしたの？」

家に入れるつもりはなかったので、扉の前で立ち話をした。

「ごめんなさい……」

エッダは素直に頭を下げた。

「もういいよ」

ヤツェクは本心から言った。

「それより、どうしてあんな面倒くさいことをしたの？」

するとエッダは、年齢に似合わない苦い笑みを浮かべた。

「だって、普通に縁談を持ちかけても、ヤクブさんは断ったでしょう？」

「……なぜそう思う？」

「見てたもの」

「見てた？」

「私、ずっと、ずっと、ヤクブさんのことを見てたもの。誰か他の人のことを考えてることくらい知ってた」

「そんなこと……」

「あの花も、ほんとは好きでしょう？　だから飾ってあげたの」

「どうして？　誰にもそんなこと言ってないのに」

エッダはお下げ髪を手で押さえて言った。

「ヤクブさんが重そうな木材を担いでいたときのことよ」

「木材?」

「すごく重そうなのに、ヤクブさん、ふと足元に目を向けて、あの花を踏まないように回り道したの。だからあの花が好きなんだって分かった。大事なんだって」

まったく覚えがなかった。エッダは笑う。

「それを見て、あなたと結婚したいと思ったの。そんな男の人、この町にいなかった。きっとこれからもいない」

「買いかぶっているよ」

「そんなことない」

「……日が暮れる。もう帰った方がいい」

「また来ちゃダメ?」

「ダメ」

エッダは泣きそうな顔になったが、何も言わずに突然、走り去った。遠目で、カシミシュがこちらに一礼するのが分かった。

ヤツェクはそれに小さく礼を返した。


その夜。もう寝ようと灯を消したヤツェクは、少し欠けた月の光が窓から差し込むのを眺めていた。エッダが挿した花はまだ枯れずに残っていた。捨てようとしても、捨てられなかったのだ。

「踏もうとして、避けた？　覚えていないけど」

全然記憶に残っていないが、そんなこともあっただろうな、とヤツェクは思った。

そのふわふわした赤い花弁は、あの人のドレスを思い出させるから。

だから、きっとそれだけで無意識に踏まなかったのだ。

そして、それだけのことで自分と結婚したいと思ったエッダを、ヤツェクは心から気の毒に思った。

「……本当の私を知らないから、そんなことを言えるんだ」

バナードもエッダも、ヤツェクを善人だと勘違いしている。ヤツェクが「ヤクブ」だから。彼らだけじゃない。パウルも、ハンクも、それ以外のみんな。全員。

休みなく朝から晩まで働くヤツェクをいい奴だと受け入れても、それは「ヤクブ」だからだ。

そんな善人じゃない。

本当の自分を知ったら、きっと唾を吐く。石を投げる。出ていけと足蹴《あしげ》にする。知らないから受け入れているだけだ。

「情けない……」

いつの間にか流れた涙を拭いながら、ヤツェクは呟く。贖罪《しょくざい》はまだ始まったばかりなのだ。いつ終わるとも分からない。


この体に詰まっているのは、後悔ばかりだ。

どこをどう間違った？　いつまで後悔すればいい？　永遠に？

――今でも時折、みっともないほど痛烈に、会いたいと思う。

情けないのは、強く湧くのがそんな感情だからだ。

あの人に会いたい。

眠れない夜は、どんな後悔より、そんな気持ちが強く自分を苦しめる。

赤いドレスで背筋を伸ばして塔に幽閉された、あの人に会いたい。会えるわけないのに。会っても何もしてあげられないのに。

何ひとつ、してあげられなかったのに。

「……寝よう。寝なくては」

ヤツェクは明日のために、明日働くために、なんとか眠ろうと目を閉じた。

欠けた月が、赤い花をずっと照らしていた。

あとがき

この度は、『王妃になる予定でしたが、偽聖女の汚名を着せられたので逃亡したら、皇太子に溺愛されました。そちらもどうぞお幸せに。2』を手に取っていただいて、ありがとうございます。作者の糸加と申します。

この長すぎるタイトルのお話の続編を刊行できたのは、ひとえに読者の皆様の応援のおかげです。本当にありがとうございます。何度でもお礼を言いたい……。

この巻は、1巻のラストの続きになります。いわば、ゾマー帝国やトゥルク王国の「その後」のお話です。というのも、前巻を書き上げたときにふと思ったんです。トゥルク王国、これからの方が大変じゃない？　って。ルストロ宰相を中心に頑張ったとしても、政情はまだまだ不安定だろうし、大神官が亡くなった後の神殿も混乱必至。エルヴィラも、なまじ奇跡とか起こせる分、すごく気を使って日常生活を送りそう。そんなことを考えていたら、どうしても「その後」が気になって続きを書きたくなりました。

冒頭の『ルードルフの溺愛』は書き下ろしです。聖女の使命を持っているとはいえ、エルヴィラはまだ19歳。迷ったり悩んだりします。そんなエルヴィラを守ろうとするルードルフの努力の日々がメインです。聖女を妻に持つとはどういうことか。そんなルードルフの溺愛を見守っていただけたら幸いです。

全体を通して、一生懸命生きる人たちのお話になったと思います。エルヴィラやルードルフだけでなく、その後のトゥルク王国やゾマー帝国で考え込む人、逃げたい人、悩む人、見守る人、自分の気持ちを押し殺す人。そんなひとりひとりにスポットを当てました。これも読者の皆様がコメントやメッセージで感想を送ってくださったおかげです。皆様の中に登場人物たちがいると感じることが、とても励みになりました。

そして、引き続き素敵なイラストを描いてくださったはま先生にも心からお礼申し上げます。どのキャラも可愛く凛々しく、悶えながら今回も拝見しました！

コミカライズを担当してくださっているコロポテ先生にもお礼を申し上げます。毎回世界で一番私が喜んでおります！

さらに、毎回ご助力いただいております担当編集者様、ツギクルブックスの皆様、出版、デザイン、流通などでこの本に関わってくださるすべての皆様と、暖かく見守ってくれる家族、励まし支えてくれる友人たちにも心からお礼申し上げます。

そしてこの本を手に取ってくださる読者の皆様にもう一度感謝を。皆様が読んでくださるからこそ、彼らは世の中に飛び出すことができました。ありがとうございます。

どうか、楽しんでいただけますように。

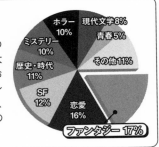

2022年1月、
最新10巻
発売予定！
もふもふを
知らなかったら
人生の半分は無駄
にしていた
1〜9
著／ひつじのはね
イラスト／戸部淑
サイン入り！
クレジットカード対応
イラストのNFT販売のお知らせ
「もふもふを知らなかったら
人生の半分は無駄にしていた」の
イラストがNFT Studioに登場！
第7回
ネット小説大賞
受賞作！
KADOKAWA
「ComicWalker」で
コミカライズ
好評連載中！
冒険あり、癒しあり、笑いあり、涙あり
もふもふたちに囲まれた
異世界スローライフ！
定価1,320円（本体1,200円＋税10%）
ISBN978-4-8156-0334-2
ツギクルブックス
https://books.tugikuru.jp/

穢《けが》れた血だと追放された
魔力無限の精霊魔術士
著 冬月光輝《ふゆつきこうき》
イラスト てんまそ
コミカライズ企画進行中!
悪魔の刻印は最強の証!
私って、パワースポットだったんですか!?
名門エルロン家の長女リアナは、生まれつき右手に悪魔の刻印が刻まれていることで父親のギルドから追放されてしまう。途方に暮れながら隣国にたどり着いたリアナは、宮廷鑑定士と名乗る青年エルヴィンと出会い、右手の刻印が精霊たちの魔力を吸い込み周囲に分け与えているという事実が判明。父親のギルドはパワースポットとして有名だったが、実際のパワースポットの正体はリアナだったのだ。エルヴィンの紹介で入った王立ギルドで活躍すると、リアナの存在は大きな注目を集めるようになる。一方、パワースポットがいなくなった父親のギルドは、次々と依頼を失敗するようになり——。
穢れた血と蔑まされた精霊魔術士が魔力無限の力で活躍する冒険ファンタジー。
定価1,320円(本体1,200円+税10%)　ISBN978-4-8156-1041-8

追放
悪役令嬢の旦那様
著／古森きり
イラスト／ゆき哉
1~3
マンガPark
「マンガPark」（白泉社）で
©HAKUSENSHA
コミカライズ
好評連載中！
謎持ち悪役令嬢
第4回ツギクル小説大賞
大賞受賞作
規格外の旦那様と辺境ライフはじめます!!!
卒業パーティーで王太子アレファルドは、
自身の婚約者であるエラーナを突き飛ばす。
その場で婚約破棄された彼女へ手を差し伸べたのが運の尽き。
翌日には彼女と共に国外追放&諸事情により交際0日結婚。
追放先の隣国で、のんびり牧場スローライフ！
……と、思ったけれど、どうやら彼女はちょっと変わった裏事情持ちらしい。
これは、そんな彼女の夫になった、ちょっと不運で最高に幸福な俺の話。
定価1,320円（本体1,200円＋税10%）　ISBN978-4-8156-0356-4
ツギクルブックス
https://books.tugikuru.jp/

妹ちゃん、俺リストラされちゃった
〜え、転職したら隊長？スキル「○○返し」で楽しく暮らします〜
著 アメカワ・リーチ　イラスト なかむら
双葉社でコミカライズ決定！
王国一のギルドに転職したらいきなり
隊長に抜《ばっ》擢《てき》されました！
大手ギルドに勤めるアトラスは、固有スキル「倍返し」の持ち主。受けたダメージを倍にして敵に返し、受けた支援魔法を倍にして仲間に返してパーティーに貢献していた。しかし、ある日「ダメージばかり受ける無能はいらない」と、トニー隊長を追い出されてしまう。そんな不憫な様子を見ていた妹のアリスは王国一のギルドへの転職試験を勧め、アトラスはいきなりSランクパーティーの隊長に大抜擢！ アトラスがいなくなったことで、トニー隊長たちはダンジョン攻略に失敗し、Cランクへと降格してしまう。アトラスに土下座して泣きつくが、時すでに遅し。王国一のギルドで楽しくやっていたアトラスは、トニー隊長の懇願を一蹴するのだった――
妹ちゃんのアドバイスで人生大逆転した異世界ファンタジー、いま開幕！
定価1,320円（本体1,200円＋税10%）　ISBN978-4-8156-0867-5

「アリス、貴様とは婚約破棄する!」そんな声と共に前世の記憶を思い出した騎士団長の息子エクス。夜会の会場にて今まさに王子の婚約破棄が行われているその状況で、彼は前世の乙女ゲームにて全く同じ展開があったことを思い出す。あきらかに冤罪なのに、悪役令嬢を責める王子と他の攻略対象。そして、こっそりと不敵に微笑むヒロインを見たとき、彼は決意した。大好きな悪役令嬢を救って自分のものにしようと。これは乙女ゲームの攻略対象の一人、騎士団長の息子に転生した主人公が悪役令嬢を溺愛していく甘いだけの物語。

定価1,320円（本体1,200円＋税10％）　ISBN978-4-8156-1043-2

ツギクルブックス

https://books.tugikuru.jp/

逆行した悪役令嬢は、なぜか魔力を失ったので深窓の令嬢になります
コミカライズ企画進行中!
1～3
著✝蒼伊
イラスト✝RAHWIA
魔力がなくても精霊と一緒に未来を変えます!
魔力の高さから王太子の婚約者となるも、聖女の出現により
その座を奪われることを恐れたラシェル。
聖女に悪逆非道な行いをしたことで婚約破棄されて修道院送りとなり、
修道院へ向かう道中で賊に襲われてしまう。
死んだと思ったラシェルが目覚めると、なぜか３年前に戻っていた。
ほとんどの魔力を失い、ベッドから起き上がれないほどの
病弱な体になってしまったラシェル。悪役令嬢回避のため、
これ幸いと今度はこちらから婚約破棄しようとするが、
なぜか王太子が拒否!? ラシェルの運命は――。
悪役令嬢が精霊と共に未来を変える、異世界ハッピーファンタジー。
1巻：定価1,320円（本体1,200円＋税10%） ISBN978-4-8156-0572-8
2巻：定価1,320円（本体1,200円＋税10%） ISBN978-4-8156-0595-7
3巻：定価1,430円（本体1,300円＋税10%） ISBN978-4-8156-1044-9
ツギクルブックス
https://books.tugikuru.jp/

「もう……働きたくないんです」
僕はぜーったい働きません。
今更、待遇を変えるからとお願いされてもお断りです。
冒険者なんか辞めてやる。
著 縛炎《ばくえん》
イラスト 兎塚エイジ
「ガンガンONLINE」（スクウェア・エニックス）にてコミカライズ好評連載中！
漫画：村上メイシ
昼過ぎに起きても大丈夫。ワイバーン見ても無視無視。
僕はもう、ぜーーったいに働きません！
元E級冒険者のエクス19歳。才能の全てを【効果時間延長】に特化した異才の魔導師は、5年間、年中無休で奴隷のように働く毎日を過ごしてきた。ついに過労で倒れてしまい、玄関先で目を覚ましたある日、ようやく自分の心と向き合う。「こんな仕事、辞めてやるっ！」冒険者を辞めたエクスは、もう働かないことを宣言。これまでエクスの効果時間が異常に長い初級魔法の恩恵を享受してきた連中は、彼の代わりなど誰もいないことに気づいて慌てふためくが、もう遅い。脅してきても、すがりついてきても、ニッコリ笑って全部お断り。「僕はもう、ぜーったい働きません！」働かない宣言をした初級魔導師の新しい生活が、今はじまる！
定価1,320円（本体1,200円＋税10%） ISBN978-4-8156-0863-7
ツギクルブックス
https://books.tugikuru.jp/

嫌われたいの
~好色王の妃を全力で回避します~
コミカライズ好評連載中！
1~2
著／春野こもも
イラスト／雪子
殿下と私の幸せな未来のために
嫌われるしかないわ！
10人の側妃を持つ好色王にすら顧みられず、不名誉な誹りを受ける惨めな王妃。
そんな未来が待っているとはつゆ知らず、ルイーゼは今日も健気に縦ロールをキメる。
大好きな王太子の婚約者になるために。ある日、転んだ拍子に前世の記憶を取り戻した
ルイーゼは、ここが乙女ゲームの世界で、このままだと不幸な王妃か、
婚約破棄のち国外追放の未来が待っていることを理解する。
「それならいっそ婚約者に選ばれなければいいんじゃない？」
そしてルイーゼ（改）は、嫌われる努力を始めるのだった。
学園に転入してきたヒロインにぜひ頑張ってもらいましょう！
1巻：定価1,320円（本体1,200円＋税10％） ISBN978-4-8156-0569-8
2巻：定価1,430円（本体1,300円＋税10％） ISBN978-4-8156-1045-6
ツギクルブックス
https://books.tugikuru.jp/

ツギクルブックス

愛読者アンケートに回答してカバーイラストをダウンロード！

読者アンケートや本書に関するご意見、糸加先生、はま先生へのファンレターは、下記のURLまたは右のQRコードよりアクセスしてください。アンケートにご回答いただくとカバーイラストの画像データがダウンロードできますので、壁紙などでご使用ください。
https://books.tugikuru.jp/q/202110/niseseijo2.html

本書は、「小説家になろう」（https://syosetu.com/）に掲載された作品を加筆・改稿のうえ書籍化したものです。

王妃《おうひ》になる予定《よてい》でしたが、偽聖女《にせせいじょ》の汚名《おめい》を着《き》せられたので逃亡《とうぼう》したら、皇太子《こうたいし》に溺愛《できあい》されました。そちらもどうぞお幸《しあわ》せに。2

2021年10月25日　初版第1刷発行

著者　糸加《いとか》

発行人　宇草 亮
発行所　ツギクル株式会社
〒106-0032　東京都港区六本木2-4-5
TEL 03-5549-1184
発売元　SBクリエイティブ株式会社
〒106-0032　東京都港区六本木2-4-5
TEL 03-5549-1201

イラスト　はま
装丁　株式会社エストール

印刷・製本　中央精版印刷株式会社

ISBN978-4-8156-1315-0
Printed in Japan